沖縄ことば咲い渡り

あお

外間守善
仲程昌徳
波照間永吉

ボーダーインク

まえがき

仲程　昌徳

表題の「ことば咲い渡り」は、「おもろさうし」に出てくる「明けもどろの花の咲い渡り」（十三・八五二）、「清らの花の　咲い渡る」（十三・八三四）等に見られる用語を借用したものである。

外間守善はその出典の一つになった「十三・八五一」のオモロについて「有名な〝あけもどろ〟のオモロである」といい、「日の出の壮観を讃えたもっとも美しいオモロである」と述べていた。「ことば咲い渡り」は、そのような「有名」で「美しいオモロ」に見られる「明けもどろの花」や「清らの花」を、「ことば」にかえ、オモロが放っているようなことばの輝きを伝えたいという思いでつけられたものであった。

「ことば・咲い渡り」は、沖縄タイムスに連載されたものである。タイムスがウタの欄を思いついたのは、たぶん大岡信の「折々のうた」によるのだろうが、こちらは、三人でということで、まず、扱うウタの領域の確認からはじまった。そして、一はオモロと琉歌、一は宮古、八重山の歌謡、一は近代の短歌、俳句を担当するということになったのである。

沖縄・宮古・八重山に伝えられてきたウタもそうだが、明治以後に詠まれたウタにしてもそれこそ膨大な数にのぼる。そしてそれらのウタは、それぞれに人のこころに触れてくるものがあるのだが、そのなかでも、特に大切だと思われる歌を選んで紹介してほしいというのがタイムスの要望であった。しかも当初、一年間の連載ということであった。ということは、各人一〇〇点ほどのウタを選び出せばいいということになったわけであるが、それが、思わぬかたちで三年四か月も続くことになったのである。それを三巻にした。編集上の都合で、巻をまたいでウタの入れ替えをいくらか行っていて、完全に紙面掲載順というわけではない。基本的に第一巻は、一九九一年一月から十二月まで、第二巻は九二年、第三巻が九三年といったように、年ごとになるよう考えた。三人によるウタの連載が、三年四か月で終わったのは、紹介するウタがなくなったことによるのではない。琉球のウタの精華は、それではほぼ尽くされたであろうと考えた新聞社側の判断による。

「ことば・咲い渡り」の各担当者は、それこそ琉球のウタの精華を読者に届けたいという一心でがんばったわけだが、見逃してしまったウタが、ないわけではない。読者各自でそれを補い、独自のアンソロジーをぜひ作ってほしいと思っている。

目次

一、本書は一九九一年一月一月～一九九四年四月十七日、「沖縄タイムス」一面に連載された「ことば・咲い渡り」をまとめたものである（全三巻）。

一、時節の表現や変更のあった地名などは適宜修正を加えたが、執筆当時のままにした箇所もある。

一、それぞれの項目の末尾に執筆者名を記載した。
（外）は外間守善氏、（仲）は仲程昌徳氏、（波）は波照間永吉氏。

沖縄　ことば咲い渡り　あお

あらたまの年《とうし》に炭《たん》とこぶかざて
心《くくる》から姿《すいがた》　若《わか》くなゆさ

『琉歌全集』所収。新年に炭と昆布を飾り、心も姿も若くなったような気がする。新年を迎えて若くなるという表現が清々しい。正月の挨拶言葉ウワカクナミソーチは、日本人の原思想をとどめる懐かしい言葉である。元旦の朝まだき、少年たちの売り歩く「若水」を、かまどの火の神、仏壇、神棚にあげ、その若水・ウビーを額につけて命が若返ると考えたものである。若水は「孵で水」ともいう。元日に汲む若水は日本の古俗。（外）

新玉の年のわか水くみあげて
今朝はこゝろもわかゝへりけり

高江洲昌壮

大正七年二月十一日『琉球新報』に掲載された「鶯蛙会一月当座若水」詠歌集の中の一首。武島又二郎大人選。新玉は年・月・日・月日・夜・春等にかかる枕詞。わか水は、元日に村の拝所になっている井戸や産井から初めて汲む水でワカウビーとも。元日の朝、若水をくんで、身も心も若返ったというのである。首里・那覇では若水を売り歩く少年等の呼びかわす声で、新年が明けたという。(仲)

佐敷《さしき》苗代《なわしろ》に　あまみやから孵《す》で水《みづ》
孵《す》で水《みづ》よ　おぎやか思《も》いにみおやせ
もたい苗代《なわしろ》に

『おもろさうし』十九巻所収。佐敷の苗代に昔から伝わる孵で水がある。その孵で水を尚真王様に差しあげよ。「すでみづ」は生命を再生させる水。撫で水ともいう。元旦の若水をはじめ神事に水で浄めることをウビナディ（思ひ撫で）といい、その水を孵で水、撫で水といった。「孵で」は新しい生命力を得て生まれ変わる、若返ることの意。万葉集の「変若水」をはじめ、世界中に水を命の泉とする信仰がみられる。（外）

いら　さねさ　今《け》日《ふ》の日《ぴい》
どけ　さねさ　黄《く》金《がに》日《ぴい》
わん　孵《す》でる　今《け》日《ふ》だら
羽《ぱに》萌《む》いる　たき　だら

八重山・鷲の鳥節

『南島歌謡大成　八重山篇』所収。「鷲の鳥節」は、太陽を戴いて東天に飛び立つ若鷲のさまを歌った、正月の朝にもっとも相応しい歌。「いら・どけ」は、ああ、たいそう、の意。「さねさ」は嬉しい、喜ばしいの意。ああ、なんと喜ばしいことだ、今日の日は。大層に嬉しい黄金の日。今日の日は私の生まれ変わる日よ。この喜びは、羽が生え、新たな巣立ちをするほどのものよ。（波）

誇《ぷか》らシかりゃー　我《ばん》が人数《にんじゅー》よー
喜《いさ》オシかりゃー　我《ばん》が兄弟《きョーだい》よー
あやぐや　為《し》ゆちどぅ
絹《いチ》音《に》や　為《し》ゆちどぅ　う供《とぅむ》為《シ》でぃ

宮古狩俣　トーガニアーグ

『南島歌謡大成　宮古篇』所収。「いさオシ」は嬉しい、喜ばしい。「いちゅに」の「いちゅ」は、絹のことで、転じて素晴らしい意を表す。嬉しいから我が仲間たちよ、喜ばしいのだからわが兄弟達よ、さあアヤグを歌って、素晴らしい歌を歌ってお供をしようよ。昭和四十年代迄見られた、男衆が肩を組み、道一杯に広がっては年賀に家々を巡る正月の風景。その華やいだ光景を思わせる一句である。（波）

心をも身をも清めて普天間なる
岩戸のみやにはつまうでせん

大湾政達

大正四年二月五日『琉球新報』に掲載された「同風社一月兼題　初詣」詠歌集の中の一首。大口鯛二大人選。若水で心身を清めて、初詣をしようというのである。「普天間なる岩戸のみや」は、普天間宮のこと。琉球八社の一つ。熊野権現を祀り、本地は弥陀、薬師、正観音の三像。本殿が鍾乳洞の中に設置され、村人や船乗りの崇敬が篤いという。初詣の場所として、早くから知られていた。（仲）

うれしさやめぐる年《とうし》の新玉《あらたま》に
貫《ぬ》き重《かさ》ね重《がさ》ねももとまでも

『琉歌全集』所収。新年を迎えるたびに嬉しい喜びごとを重ねて、百歳までも長生きしたい。新年を迎えるたびに願う思いなのであろう。「あらたま」は、古くは粗玉、荒玉の字が当てられたが、鎌倉期頃から新玉の字が当てられるようになった。国語辞典では「粗い磨いてない玉」の意としているが、沖縄に伝わるアラという語は、神にかかわりのある聖域名や神名に使われている。私は、「聖なる玉」の意と解したい。（外）

年《とうし》や立《た》ちかはて初春《はついはる》の空《すら》に
にはかつき出《でぃ》たる松《まつぃ》のみどり

尚灝王《しょうこうおう》

『琉歌全集』所収。新年になり、初春の空に、勢いよく萌え出した松の緑の色映えよ。なんと清々しく、なんと力強いことか。尚灝王が小禄王子といわれていた頃の粋人ぶりは、「恋しあかつらの波に裾ぬらち　通ひたる昔忘れぐれしや」と映されていて名高い。でも私欲に溺れた政治家を戒めた「上下やつめて中に蔵たてて　奪ひ取る浮世治めぐれしや」と詠んだ歌は痛烈である。歴代の国王の中ではもっとも勝れた歌人。（外）

此の　大家《や》んな　神酒《むき》なり木《げい》の　酒《さけ》なり木の
有《あ》らまりびやァむ／飲《の》みばまい酔《ふ》めばまい
たた　ぺならん

宮古・池間のそざアーグ

『南島歌謡大成　宮古篇』所収。祝家の果報をうたった一首。この大きな家には神酒のなる木が、酒のなる木があるからでしょう。飲んでも、酌んでも、ちっとも減る様子も見えません、がその意。世の譬えに言う「金のなる木」ならぬ「酒のなる木」をうたって、祝家の豊かさと祝いの座の賑々しさを讃えたもの。酒はハレの日の聖なる飲物であり、同時に富の象徴でもあったのである。（波）

かさねたる年を忘れて老が身も
としのわかみづのめるうれしさ

比嘉賀慶

大正七年二月十一日『琉球新報』に掲載された「鶯蛙会一月当座若水」詠歌集の中の一首。わかみずは、元旦の未明、男子が井泉や樋川から汲んでくるもので、火の神や神棚にそなえ、また仏壇にお茶湯にして差し上げた。年忘れ（大晦日）の晩を送り、新しい年も元気で若水から迎えられたことは、何にもまして嬉しいというのである。若水・再生信仰讃歌の定型である。（仲）

いつも新玉《あらたま》の年《とうし》のごとあらな
うれしごとばかり言《い》ちゃり聞《ち》きやり

上江洲由恕

『琉歌全集』所収。いつもすがすがしい新年のようにありたいものだ。嬉しいことばかり言ったり聞いたりして暮らしたい。

いやなこと、腹の立つことも流して迎えた新春に、ことしは、めでたくこうあってほしいと願ったことほぎ歌。「あたらまの」は和歌の枕詞。「あらたまの年たちかへるあしたより　待たるるものは鶯の声」（拾遺集・春）のように、年、月、春などにかかることが多い。あらたまる年の意であろう。（外）

虎頭山のぼるあさひはのどけくも
とそくむやどにてりわたりけり

美里朝珍

大正三年二月十一日『沖縄毎日新聞』に掲載された「同風社一月兼題　新年旭」詠歌集の中の一首。大口鯛二大人選。虎頭山は、首里の赤平、久場川、汀良にかけての丘陵で、虎瀬山、虎頭嶺とも。老松の生い茂る名所で、首里城の北側を守る天然の要塞ともなった。とそは、屠蘇散をひたした味醂で、正月の祝い酒。虎頭山に昇る初日が、新年を祝う家に照り輝く、元日をめでた一首である。（仲）

年《とうし》や立《た》ちかへて春《はる》の空《すら》晴《は》れて
押《うす》風《かじ》も立《た》たぬ波《なみ》の声《くゐ》もないらぬ
でかやう思《うみ》童《わらび》おしつれて互《たげ》に
花《はな》もやり遊《あすぃ》ば若《わか》菜《な》つで遊《あすぃ》ば

『琉歌全集』所収。年は新しくなり初春の空は晴れ渡って、そよ吹く風もなく波の音もない。さあいとしい乙女と連れ立っていっしょに、野の花をとり若菜を摘んで遊ぼう。

若菜は初春に摘む菜。セリ、ナズナ、ワラビなど十二種があり、後に春の七草になる。正月の子《ね》の日に摘んで不老長寿をことほぐために食した。『万葉集』にも「明日よりは若菜摘まむとしめし野に　昨日も今日も雪は降りつつ」とある。（外）

春《はる》ごとにつめて年《とうし》や重《かさ》ねても
いつもわが心《くくる》花《はな》どやゆる

『琉歌全集』所収。春ごとにますます年を重ねても、いつも私の心は花咲く春のように若々しい。

年はとっても人は気持のもちかたなのであろう。私の母は百三歳の長寿を全うして一昨年みまかったが、米寿(八十八歳)の祝いの即興に、

○足腰や年取てん肝やいちまりん　花の十八春のさかり
○浮世忘りての若さ活ち活ちと　朝夕庭うりて花と遊ば
○戻ららん若さ年や取ていちゅい　肝やいちまでも童心

と詠んだ。(外)

井戸《かあ》ぬ端《ぱた》ぬ　蛙小《あぶだーま》　羽《ぱに》ば　生《む》い　飛《とう》ぶ迄《けー》
我《ば》が皆《けら》ぬ　命《いぬち》　島とぅとぅみ　有らしょうり

西表島祖納・井戸ぬ端ぬ蛙小誦言

『南島歌謡大成　八重山篇』所収。年の新《あらた》まりのめでたい祭り・シチ（節）などで歌われるユングトゥの冒頭の一節。井戸の傍らで飛び跳ねる小さな蛙が、いつか羽が生えて空を飛び回る時が来る遠い未来迄、この祝い座の皆の命は島のある限りあらせて下さい、がその意。ピョンピョン跳び跳ねる蛙もいつかは羽が生え、自在に飛行が出来るようになる、という奇想が命。その変身に至る時の長さは、島の命と同じく長寿を祝福する。（波）

雪《ゆち》の花《はな》松《まつぃ》やかれよしに活《い》けて
万代《ゆるずぃゆ》と祈《いぬ》る年《とうし》のはじめ

詠み人しらず

『琉歌全集』所収。雪を花のようにいただいている松をめでたい印として活けて、万代までも栄えるようにと年の初めに祈ることよ。

真白な雪をいただく松など南の島にあるわけはないが、和文学を学んだ知識人の心象風景であろう。「かれよし」は嘉例吉で、めでたい印の意。中世日本語「嘉例」（めでたい先例）に「吉」（吉し・のぞましく喜ばしい）が末尾に付いた逆語序。住吉や国吉などに類する用語例。（外）

おもろ小太郎《こたら》が　百歳御《ひゃくさお》み神酒《しゃく》
差《さ》しよわば　やぐめさよ　御神酒《うもいき》の数《かず》
金武《きん》の世《よ》の主《ぬし》に　百歳御神酒《ひゃくさみしゃく》

『おもろさうし』十七巻所収。オモロ謡いの小太郎が、永遠なる命をもつ神酒を金武の領主に差しあげれば、神酒を差しあげるごとに領主の喜ばれるさまの恐れ多いことよ。

金武の世の主（領主・アヂ）を賛美するオモロ。金武の世の主は、往古は今の恩納村域くらいまで領有して勢威を誇っていたらしい。

「うもいき」は「よもいき」とも表記され、「う」「よ」は接頭敬語の御、「もいき」は神酒（みき）。（外）

大太陽《うぷてぃだ》とぅ　月加那志《チキガなシ》
上《あ》がりんみゃーイざ　一《ぴてぃ》チ
我《ばんた》が主《しゅー》とぅ　親母《うやんま》とぅ　思《うむ》いや　一チ
ソー　ニノヨイ　サッサイ

宮古池間島・池間ぬ主

『南島歌謡大成　宮古篇』所収。「池間ぬ主」は、池間島の役人のこと。「うやんま」は奥様。また、首里語では島に渡ってきた役人の旅妻。天に輝く太陽とお月様とが昇ってくるのは一つ所です。私達のご主人様と奥様のお心も、それと同じで何時も一つです。一篇の全体が池間の役人を讃える内容の歌の冒頭の一節。クイチャーアーグにふさわしく、明るい、寿ぎの歌である。ソー　ニノヨイサッサイの囃子が軽快である。（波）

春《はる》もいななたい果報《くわふ》ごとも眼《み》の前《め》
心《くくる》うきやがゆる年《とうし》やことし

『琉歌全集』所収。はやもう春になったし、しあわせも眼の前に迫ってきた。ことしは心が浮き立つ年だよ。国家的行事が控えた新春か。

一九九二年も、復帰二十周年、首里城復元、海外文化財の里帰り展、沖縄研究国際シンポなどなどまさに「心うきやがゆる年」である。そしてそれらの一つ一つには確かなまなざしで「文化」が捉えられている。

琉球王朝文化の志を受け継ぐ新生沖縄の、文化元年といえよう。

（外）

こゝろよき朝の疲れにすこし濃き
支那茶のにほひしみてさびしき

笑鳥

大正三年一月三十一日『琉球新報』に掲載された「雀舌のにほひ」七首の中の一首。茶が嗜好飲料として広まるのは三国時代の頃からで、漢の時代には煎じ薬として利用されていたと言われる。東晋・隋・唐の時代になって喫茶の風習が定着。支那茶は、中国で産する紅茶・緑茶の総称。一日、十五日の早朝霊前に供える茶・お茶湯の香りも考えられるが、日常のたゆたう心を歌ったととる。（仲）

百歳年寄《むむとぅとぅしゆい》のうち笑《わら》ていまゐす
これど世栄《ゆざけえ》のしるしさらめ

詠み人しらず

『琉歌全集』所収。百歳になるお年寄りがにこにこ笑っていらっしゃるお姿は、これこそ世の栄えていることの印である。百歳という人の長生きを夢の夢と思っていたのに、私の母は百二歳を迎えて健在である。ぼけもなく、穏やかにミーワレー（目笑い）する母の目の美しさに、平和だった沖縄と、戦乱をくぐった母の一生が思われてならない。母の歌一首。「かじまやの月日夢の如あしが　子孫《くゎんまが》揃て栄《さか》るうりしや」

（外）

鷹《たか》ぬ眼《まなく》に　田《た》ば掘《ぷ》りてぃ／すぬ田　植《う》びたる稲《まい》がなし／一本《ぴとぅむとぅ》　植びりば　一万本／二本《ふたむとぅ》植びりば　二万本／三本　植びりば／数《かず》ゆ知《し》らん

西表祖納・岡ぬ親方ユングトゥ

『南島歌謡大成　八重山篇』所収。鷹の眼《まなこ》に田を作り、その田に植えたお稲様は、一本《ひともと》植えると一万本。二本植えると二万本。三本植えると数知れず、がその意。鷹の眼が特徴的であることは、俗にキンミー、カシジェーミーの名でサシバに等級をつけることからもうなずける。その鷹の眼に田を作る、ということから豊年を願う言葉遊びが始まる。

（波）

ああ尊《たうと》　御神加那志前《おかみがなしいまへ》／白種《しらちやね》　甘種《あまちやね》／大麦《おふむぢ》

新麦《あらむぢ》　畦枕《あぶしまくら》／諸臣下《しょしんか》に　御賜《おた》びみしやうれ

与那城村宮城のオタカベ

『南島歌謡大成　沖縄篇』所収。願意のみがストレートに表出された、神人の神への祈願の言葉の全文。「白種・甘種」は稲の美称。「畦枕」は、稲などの穂が豊かに実って畦に垂れ掛かる様を言う。おお尊、神様の御前よ。稲、大麦、新麦が畦を枕にする満作を、民・百姓にお下しなさいませ。「畦枕」は、南島の豊穣予祝歌のキーワード。オモロ以外の古謡から琉歌まで幅広く、しかも頻出する。（波）

聞《きこ》ゑ今帰仁《みやきぜん》に　此《こ》れる国《くに》なか按司《あぢ》
百《もも》按司《あぢ》襲《おそ》て　ちよわれ
鳴響《とよ》む今帰仁《みやきぜん》に

『おもろさうし』十七巻所収。名高い今帰仁に居られる按司は、これぞ国中でひときわ勝れた按司だ。たくさんの按司たちを支配してましませ。十四世紀から十五世紀にかけて沖縄本島北部の今帰仁城に據り活躍した按司を賛美したオモロ。沖縄史上三山時代（十四世紀）の一方の英雄、北山王がこの按司である。北山は十数回にわたって明とも交易をし、羽地、名護、国頭、金武、伊江、伊平屋などの各地を支配した。（外）

伊《い》江《ゑ》の東《あがる》江《い》に
世《よ》のつほに　御《み》神《しゃ》酒《く》　御《お》真《まか》貢《ない》
離《はな》れ東《あがる》江《い》に
離《はな》れおわる吾《あん》は／とわけおわる吾《あん》は

『おもろさうし』十七巻所収。離れの伊江島にいる私は、御神酒を貢納物として王に差しあげます。

このオモロの王は、地理的にみると今帰仁の北山王であろう。しかし尚真王時代のアカインコが島々を巡遊して、伊江島からの貢納物に助言をしたオモロと読むこともできる。

「世のつほに」は、貢納物の意味のほかに王の御座所の意味もある。「とわけ」は渡分け、すなわち海を隔てた離島の意。対語は「離れ」。（外）

冬《ふゆ》ぬ　北方《にしがた》や／どしぬ　立《た》ち所《どくる》
夜《ゆる》ぬ　くらすみや／無蔵《にぞ》と　我《わ》ぬと

沖永良部島・あしび歌

『南島歌謡大成　奄美篇』所収。「くらすみ」は、真っ暗な所。沖縄《ウチナー》口《グチ》でクラシン。北風の吹く冬は、北の方が友達の集まり所。夜の真っ暗な所こそ、お前と俺のしのびどころよ、がその意。上の句と下の句が対句仕立てになった歌。冬の日の北の方も夜の闇所も本来は避けられるべきところ。しかし、血の沸き立つ若者と恋人同士には、そのような所こそがかっこうな場所というのである。モーアシビの世界を思わせる一句。（波）

彌《み》勒《るく》世《ゆ》の昔《むかし》くり戻《むどう》ちをもの
うちよらて遊《あすい》べ花《はな》のわらべ

『琉歌全集』所収。昔の豊年の世をくり返して今年も豊年となっているから、寄り合って遊びなさい花のような娘たちよ。「彌勒世」は豊年の世。弥勒仏は未来に出現して衆生を済度するといわれる。未来の幸福を先取りするための仏といえよう。

沖縄の弥勒は、化身して布袋の姿で現われる。八重山の豊年祭に登場する弥勒はその典型。ミルクユガフーを願う弥勒信仰は、沖縄全域、日本列島、アジア地域に広がっている。（外）

春近く甘蔗の穂は銀に海藍に

草太郎

大正五年三月十三日『琉球新報』所載「琉球俳壇」に発表された「春の暗示」七句の中の一句。甘蔗が沖縄に伝えられたのは不明。『李朝実録』一四二九年の項に「琉球国は江南に得て之（甘蔗）を植う」とあるが、一三九二年、中国から三十六姓が渡来した時もたらされたのではないかという。十二月から三月にかけて収穫。蔗茎が熟し、穂が出て、畑一面銀色にかがやく。海の藍色と映えて春の気配が漂っているというのである。（仲）

餅《むち》や　かしゃ　抱《だ》きゅり
かしゃや　餅抱きゅり
餅かしゃや　かしゃぬ如《ぐとぅ》に
抱しゅり　欲《ぶ》しゃど

奄美大島大和村・ハテーカジ唄

『南島歌謡大成　奄美篇』所収。田畑の荒打ち等に歌われたのがハテーカジ唄。内容も、きつい力仕事を慰めるのにふさわしい。「かしゃ」は沖縄語のカーサ。食物を包んだり、載せたりする植物の葉をいう。ここはカーサームチのカーサ。餅はカーサを抱き、カーサは餅を抱いている。俺もあの娘と、餅とカーサのようにいつも抱き合っていたいよ。餅とカーサの縁。それは若者の素朴な憧れ。（波）

住なれし名護の浦曲を後に見て
見かへり勝に行海路かな

節山人

大正二年二月十五日『琉球新報』所載「琉球歌壇」四首の中の一首。浦曲はうらわ・うらみで、海岸の入り組んだ所。「名護の浦」は、「名護湾に傍うて恩納より名護大兼久に至る長汀曲浦俗に名護の七曲と云ふ」とある。往時は、七まがりを望む海路をとった。美しい光景と「繁栄首里市を凌ぐ」と言われた住み慣れた町への追慕とに、ついつい見返りがちの船路になったというのである。（仲）

恩納岳うすむらさきの雨雲の
懸《かか》りてあるは富士おもはしむ

なかみね生

大正五年五月十二日『琉球新報』所載「琉球歌壇」に発表された「旅愁」七首の中の一首。恩納岳は、情熱の女歌人ナベの歌で有名。また、多くの歌人に、様々に詠まれているが、さすがに富士を連想した歌は少ない。恩納岳は、石川地峡の北に聳える山。標高三六二・八メートル。沖縄の名山、秀峰として知られ、かつてそこに遊んだ王文治の横書刻字「数峯天遠」の額が残っているという。（仲）

あけ雲《ぐむ》とつれてほける鶯《うぐいす》の
声《くぃ》に初春《はつはる》の夢《いみ》やさめて

今帰仁王子朝敷

『琉歌全集』所収。夜明けの雲とともにさえずりだした鶯の声で、初春の夢は醒めてしまった。「初春の夢」を、光り輝く明け雲と鶯の鳴き音が優しく揺すっている。「初春」は春のはじめ、新年、いずれともとれるが、いずれであれ、さわやかな暁の訪れに心地よい夢のまどろみも醒めたことであろう。

孟浩然の漢詩「春眠不覚暁　処処聞啼鳥（春眠暁を覚えず　処処に啼鳥を聞く）」の詩情が思い出される。（外）

平《ピ》良《さら》ばしぬ　なぐい小《がま》うば
一《いち》里《り》ばしぬ　荒《あら》波《なむ》小《がま》うば
我《ば》が手《てぃ》しどぅ　女《ぶなりゃ》が手しどぅ
なだらき　供《とぅむ》すでぃ

伊良部トーガニ

『南島歌謡大成　宮古篇』所収。「ばし」は、〜の間。「一里ばし」は、伊良部と平良の間が一里あることからの呼称。「なぐい」は、なごり（余波）で、オモロにも「なごり」とある。「なだらき」は、穏やかにして。平良との間のなごりを、一里隔ての海の荒波を、私のこの両手で、この女の手で穏やかにして、お供致しましょうとよ。恋の歌であるが、波を静めようという女に、ヲナリ神の重なりを感じる。（波）

千歳《ちとうし》経《ふぃ》る松《まつぃ》もめぐて春《はる》くれば
みどりさし添《す》へて若《わか》くなゆさ

詠み人しらず

『琉歌全集』所収。千年も経てきた松もめぐりめぐって春が来れば、緑の芽が新しく萌え出して若々しくなることよ。「みどりさし添へて」という句に、老松の命の、若々しいよみがえりを映している。

○みどりさし添へる青柳の糸に　つゆの白玉や誰がし貫きやが

○眺めてもあかぬ野山うち続き　みどりさし添へる春の景色

等々、「みどりさし添へる」の句に託した春への希望は新鮮である。（外）

痩《や》せて褪《あ》せさみれたる街の片隅に
芝生あり首里といふのも恥しや

ひろくり

大正三年一月十四日『琉球新報』に掲載された「晩秋の夕」八首の中の一首。首里は、首里城の城下町として発達。十四、五世紀王都となり、明治三十年代までは、その面影と権勢を有したが、商業都市として那覇が発展していくに従って、衰退していった。琉球王国の首都として栄えた美しい街も、荒廃の兆しが覆いがたいというのである。首里の凋落を痛む、憤怒の歌とも取れる一首。（仲）

暇《いとぅま》乞《ぐい》よともて持《む》っちゃる盃《さかずぃち》や
涙《なみだ》泡《あわ》盛《む》らち飲《ぬ》みもならぬ

『琉歌全集』所収。暇乞いの盃だと思って持ちあげてはみたが、悲しみの涙が溢れて飲むこともできません。在番奉行と親あんまあとの悲しい別れ。与那国島のスンカニは、

「片帆持たしば片眼ぬ涙うとぅし　諸帆持たしば諸目ぬ涙うとぅし」

「暇乞いとぅむてぃ持ちゃる盃や　目涙泡盛らち飲みぬならぬ」

と歌っている。「目涙泡盛らち」のとめどない悲しさ、島に生きる女の哀愁が切ないほど伝わってくる。（外）

与那国ぬ　沖《とぅけ》や　池ぬ水心《みじぐくる》
心安々《くくるやしやし》とぅ　渡てぃ給《たぼ》り

与那国島・どぅなんスンカニ

『南島歌謡大成　八重山篇』所収。与那国ションガネーの代表的一句。「とぅけ」は「渡海」と書き、海、また、航海や航路の意を表す。ここでは与那国と石垣・沖縄の間の海。与那国航路は昔から、荒れることで有名。しかも与那国のナンタの港は北に口を開けており、冬は北風の影響をもろに受けた。それを「池の水心」と歌う心情は哀切である。与那国の海は池の水と同じに小波さえも立ちません。どうぞ心安らかにお渡り下さいませ。（波）

梅《うみ》も匂《にゐい》しほらしやい語《かた》らひもあかぬ
寄《ゆ》らて眺《なが》めゆる花《はな》の木蔭《くかじ》

佐《さ》久《く》本《むとぅ》嗣《し》順《じゅん》

『琉歌全集』所収。梅も匂が奥ゆかしく、友垣との語らいも味わい深い。寄りつどう花の木蔭はなんと雅《みやび》なことか。「い語らひ」の「い」は、「語らひ」を強め、きわだたせている。琉歌では、「い言葉」「い話」なども使われている。

君ならで誰にか見せむ梅の花
色をも香をもしる人ぞしる

梅の芳香に心を寄せるさまを「みやび」とする美意識は、万葉集以来、和歌世界を貫流して伝わっている。(外)

ほそめたる洋燈の光り寝具の上を
うすく流れて屋守《やもり》なきいづ

田間英敏

大正四年一月十三日『琉球新報』の読者欄「読者倶楽部」に掲載された一首。「読者倶楽部」は、読者の投稿欄で、詩や短歌や琉歌等の文芸だけでなく、時評や質問等を満載し、もっとも人気があった欄である。主に中学生が投稿したようで、文章・文芸の鍛錬の場となった。拙い歌であろうが、下宿で一人遅くまで勉強している侘しさを、歌を作って紛らわしている姿が見えるようである。（仲）

手巾《ていさじ》や　あんまり　あてぃ長さ
庭に植《うぃ》てる　がじまる木《ぎ》ぬ
下葉《しちゃば》ぬ　長《なぎ》よ

伊江島・宮古節

『日本民謡大観・沖縄篇』（一九九一年）所収。宮古節《にゃーくぶし》は、旋律はトーガニと関わり、言葉・内容も宮古のもので、宮古歌の広がりを示す一例である。手拭いでは余りにも長すぎるよ。せいぜい、庭に植えてあるガジマル木の下葉の長さ程だよ、がその意。道のりの長さ・短さを言うのに、布や手巾を使うのは八重山の川原山節にも見える。それよりも短い物として、カジマルの葉を持ってきた所が新味。旅の平安を祈る文句である。（波）

あれし畑たゝひと本の大根に
白く花咲き春来るらし

きぐれ

大正六年四月一日『琉球新報』所載「琉球歌壇」にとられた四首の中の一首。沖縄には、古くから屋部、中城、鏡水等特産地の名前を付したシマダイコンがあるという。九月から十一月に播種。一月から三月にかけて収穫するが、忘れられたようにたった一本だけ大根が残され、白い花を咲かせているというのである。荒れ果てた畑にも春の兆しが見え始めたことを歌ったもので型通りとは言え、新鮮な感性の光った一首である。（仲）

西《にし》ぬ海ぬ　鯨《ぐじら》わいさば
泡《あー》る　吹ちゅる　潮《すー》る　吹ちゅる
鬼《うねー》は　出《んじ》てぃ　はり
徳《とうく》や　内《うち》んかい

読谷村座喜味・新築祝いの唄

『南島歌謡大成　沖縄篇』所収。「わい」は鰐（鮫類）、「さば」は鮫で、鯨と対置される海の怪物。西の海の鯨わいさばは、泡を吹くのだ。潮を吹くのだ。この家から鬼は出て行け。徳は内にお入り下さい。鯨を歌った稀な歌である。しかも鯨の潮吹きが取り上げられており、いよいよ珍しい。鯨の潮吹きに不思議な力を見たもの。儀礼では口に含んだお粥をピューッと吹き出す。座間味近海には今も鯨が寄る。生活の背景が感じられる。（波）

庭《にわ》に咲《さ》く梅《うみ》の匂《にゐい》にひかされて
月《ついち》も山《やま》の端《ふわ》にかかてをゆら

尚泰王

『琉歌全集』所収。庭に咲く梅の匂にひかれて、月も山の端にひっかかっているのだろうか。山の端に歿しかねている月を、梅の香りにひかれてであろうか、などと、わが心の感慨を山の端の月に映している。

梅が香にむかしをとへば春の月
こたへぬかげぞ袖にうつれる

等々、『新古今集』の歌には、梅の匂と月の光が類型的に表現されているが、琉歌にみられる具象性との違いはあらわである。（外）

あまみこのみちやも天降《あまくだ》りめしやうち
つくる島国《しまぐに》や世《ゆ》世《ゆ》に栄《さか》る

詠み人しらず

『琉歌全集』所収。アマミク神が天降りをなさって、お造りになった国は世に栄えることだ。

琉球王国が末長く栄えてほしいと願う予祝願望のことほぎ歌である。

「あまみこ」は『おもろさうし』に「あまみきよ」と記され、民間では「アマミク」と呼ばれている沖縄の創世神。「みちやも」は御神。「みかみ」が「みちやみ」に変わり「みちやも」と表記されたもので、ンチャンと読む。アマミクは沖縄の祖先神であり天地創造の神でもある。(外)

漕げぃよ　漕げぃよ
此《く》ん船や　軽石丸じゃが
軽く浮かでぃ　無事に　あらし給《たぼ》れぃ

奄美名瀬市・舟漕ぎイェト

『南島歌謡大成　奄美篇』所収。イェトは仕事歌。ゑとオモロの「ゑと」とも関わるだろう。労働の辛さを歌うものが多い。しかし、本句は呪詞の性格を持っており、イェトの性格を考える上で重要。漕げよ、漕げよ。此の船は軽石丸だぞ。だから、軽石の様に軽く浮かんで、無事に港に着かせて下さい。軽石が波に漂い沈まずにいることを、船の軽さと不沈に肖《あや》かろうとしたもので、珍しい。（波）

母上に仕事おそはる針先に
人のおもかげ幾度縫《ぬ》ふやら

八重次

大正五年三月三十日『琉球新報』所載「琉球歌壇」に発表された「恋のうた」七首の中の一首。母に針仕事を教わっているが、針を運ぶ毎に恋人のことを思い返しているというのである。布を織る毎に恋人のことが思い返されるというのは琉歌の常套であるが、針は新鮮で、しかも、痛みをともなうものにしている。針と恋は、アカマター伝説などあるが、裏切りをしない例えに用いられる。（仲）

でかやうおしつれて春《はる》の山川《やまかわ》に
散《ち》りうかぶ桜《さくら》すくて遊《あすい》ば

久志親雲上《くしぺーちん》

『琉歌全集』所収。さあ連れ立って、春の山川に散り浮かぶ桜をすくって遊ぼうよ。「でかやうおしつれて」という言葉を使って春の野山に遊ぶ歌には、百合の花をめでるのが多いが、ここでは奥深い山に咲く山桜花。沖縄の桜は寒緋桜で、旧暦の十二月、新暦一月の下旬には満開である。ことし一月八日に訪れた八重岳は四分咲きであった。「すみて流れゆる春の山川に　散りうかぶ花の色のきよらさ」とも歌っている。（外）

緑子は乳のほしさに泣き出でぬ
守り子も共に母を待ちつゝ

三碧の人

大正六年三月十二日『琉球新報』所載「琉球歌壇」にとられた二首の中の一首。緑子は、嬰児。三歳ぐらいまでの子。守り子は、お守りをする子。乳を欲しがって泣く子と一緒になってお守りをしている子も泣いているというのである。母が、野良仕事に出ている間、子供を預けられた子の頼り無さが歌われたもので、嬰児が、腹がへって乳欲しさに泣くと共に泣くしかなかったのである。(仲)

降《ふ》ゆる春雨《はるさみ》の染《す》めなしがしちやら
庭《にわ》の糸柳《いとうやじ》の色《いる》のまさて

高良睦輝《たからぶくき》

『琉歌全集』所収。しみ入るように降る春雨が染めなしたのであろうか、庭の糸柳がいちだんと色を増している。糸柳の芽ぶきが黄緑の色を増していく春の色は風情がある。

降りみ降らずみの柔らかな春雨になよやかな糸柳を配したところにこの歌の情趣が感じられる。

「くれなゐの二尺伸びたる薔薇の芽の　針やはらかに春雨のふる」と詠んだ正岡子規の抒情は、ばらの芽に降りそそぐ柔らかな春雨だった。（外）

尻《てぃび》から　見《みー》てぃが　いらまーん／まっさびが
白《しる》尻《てぃび》よー／前《まい》から　見てぃがーよー／弟《うとぅ》が
子《ふぁー》ぬ　白面《しらオむてぃ》よー

池間島・池ぬ大按司鳴響み親ぬアーグ

『南島歌謡大成　宮古篇』所収。一名「まっさびがアヤグ」。八重山でも「いきぬぶしぃジラバ」等の名で伝わる。娘マッサビの不幸を歌うが、末尾では、マッサビの成り変わった船を讃える内容となる。本句はその部分。後ろから見ると、ああ本当に、マッサビの白い尻の様だよ。前から見ると、末っ子の真っ白い顔の様だよ。船を讃えるのに女性の肢体を持ってくるのは八重山も同じ。（波）

珠《たま》散《ち》らすよりもまさて嬉《うり》しさや
しみじみと降《ふ》ゆる春《はる》の夜《ゆ》雨《あみ》

尚《しょう》鷺《ろ》泉《せん》

『琉歌全集』所収。珠玉を散らすよりも嬉しいのは、しみ入るように柔らかく降る春の夜雨である。「珠」と「雨」、露のように光る玉と柔らかな春雨を二重映しに重ねながら、しみじみとした情趣と自らの感慨を下句に託している。

「春雨」にではなく、「春の夜雨」に思いをこめたところが粋人らしい。「粋《いき》」の美学を貫き通そうと心がけた沖縄の貴公子尚鷺泉（尚順）らしい歌である。（外）

土の香のまだ新しき芋俵《いもだわら》
見れば故郷恋ひしくもあり

光子

大正六年三月二日『琉球新報』所載「琉球歌壇」に発表された一首。俵は、藁を編んで造った袋で、穀類・芋類、食塩・石炭・木炭などを入れるのに用いたが、その芋俵を見て歌ったもの。新鮮な土の臭いを放っている芋俵をみると、故郷が思い出されるというのである。「恋しくも」の「も」は、微妙な心の揺れを写し、芋の生活が恋しくないことはないが、しかしといった陰影を出した。（仲）

一人《ぴとぅりぃ》　愛《かな》さどぅ　百《むむ》　愛《かぬ》しゃーらー
うぬ　家《やー》ぬ　後方《しぃんた》ぬ　瘦豚《やぎおう》ん　愛しゃーる

石垣島・トゥバラーマ

『南島歌謡大成　八重山篇』所収。「もも」は、百だが、ここは全ての意。たった一人の愛しい人故に、全ての物がいとおしく思われるものなんだね。その家の後ろで飼われている瘦せ豚さえもが可愛く思われるのだよ。恋の盲目をいうのに、瘦せ豚をだした所が意表をついて面白い。トゥバラーマは一方で「一人愛しゃどぅ　百愛しゃる／一人憎しゃどぅ　百憎しゃる」と、一人が憎くなれば全てが憎く思われる事も歌っている。（波）

よそ知《し》れて浮名《うちな》立《た》つ波《なみ》のしげく
かからはもままよ恋《くい》の小舟《くぶに》

阿嘉筑親雲上

『琉歌全集』所収。よその人に知られてももうかまわない。浮名の波がしげくかかってもしかたがない。どうせ乗ってしまった恋の小舟なんだもの。

頼りなく心細い思いをしながらも乗らなければならない恋舟もある。人目を忍ぶ恋の場合、浮世の波風を覚悟の上で二人の運命を託した舟を「恋の小舟」と詠んでいる。

つなぎおく港波風も立ちゆら
情積み渡せ恋の小舟

などなど、十六首の「恋の小舟」がみられる。(外)

心配《しわ》じゃ　心配じゃ／甘蔗《をうぎ》伐《き》り　心配じゃ
甘蔗ぬ　高《たか》伐《き》り／札《ふだ》　佩《は》きゅり

奄美・甘蔗伐りイェト

『南島歌謡大成　奄美篇』所収。キビ刈りの時の仕事歌。「佩《は》きゅり」は、つりさげる。ここは罰札を首に掛けられるの意。「高《たか》伐《き》り」は、キビの根本から高い所を伐ること。心配だ。心配だ。キビを伐るのが心配だ。何故って、キビの高伐りは、罰札を佩かにゃならんからよ。一本のキビといえども粗相に扱わせず、砂糖のかけらを口にしただけで首を落とされたという話もある薩摩の奄美支配。哀しい監督労働の歴史が見える一句。（波）

松田橋仲毛の道久米の道
片割れの門燈《もんとう》円《まる》き石門

牧草

大正十五年五月七日『沖縄朝日新聞』所載「朝日歌壇」にとられた「片恋悲歌」五首の中の一首。松田橋は、東の仲島と西の仲毛を結んだ橋。仲毛は演芸場、映画常設館が並び、久米は石垣囲いの町並みで波之上への入口、辻遊廓への道筋でかつて那覇の目抜き通りであったし、石門は、商店街であらゆる専門店が並んでいたという。松田橋から石門へ、ゆったりと美しい街があったのである。（仲）

大里《ざと》のてだの　てだ清《きよ》ら按司《あんじ》の　御愛《みかな》してだ
桜色《さくらいろ》のてだよ　真玉色《まだまいろ》のてだよ

『おもろさうし』二十巻所収。大里のお姿の美しいテダ（領主）は、実に立派なお方であることよ。桜色に、真玉色に照り映えている領主様であることよ。領主を太陽に譬えてテダと尊称し、美しく映える桜や真玉のようだと讃美するオモロ。領主讃美が主題だが、大里のてだは一三五三番のオモロでも「桜色のてだよ」と謡われている。桜の色映えを愛でるオモロの美意識に心を止めたい。（外）

ゑけ　東方《あがるい》のみづかわ
ゑけ　咲《さ》い渡《わた》るの桜《さくら》
しけ〳〵とおり差《さ》ちへ　今日《けお》より　あいいて
るむ

『おもろさうし』十巻所収。東方の美しい太陽が、咲き渡っていく桜のように照り映えて、今日からは四方に照り渡っていくことであろう。このオモロは後半に、朝凪ぎ夕凪ぎがしているから、船を押し浮け船子を選んで乗せ、いざ交易のための船出をしよう、と謡う。

航海安全を願う予祝オモロなのだが、日の出のさまを、咲き渡る花の桜に譬える心性も汲みとりたい。（外）

世の人の噂に上《のぼ》る南洋は
「濡《ぬ》れ手で粟摑《あわつか》む」土地にあらざれ

友寄影泡

大正十五年五月日付不明『沖縄タイムス』所載「タイムス歌壇」にとられた「全く国状視察に来た気分だ」十八首の中の一首。南洋移民は、大正六年追い込み漁民のサイパン定着をきっかけに、同八年農民十一名の渡島に始まるという。同十年南洋興発の発足、翌十一年サイパン・沖縄間直行船就航により、南洋ブームがおこった。その南洋も、人の噂ほどのものではなかったというのである。(仲)

紺《くん》染《ずみ》すでぃなや　何《なゆ》しゃる物《むぬ》やりやどぅ
乙女《みやるび》玉《たま》乳《ちぃ》房ば　隠《かく》しょうる

石垣島石垣・麦ぐるくば笠

『南島歌謡大成　八重山篇』所収。青年の性に対する関心を歌ったユンタの一句。紺染めのスディナ（胴衣）は如何程の物だから、乙女の玉の乳房の上に被さり、隠してしまうのだ、がその意。後に、おまえはうす馬鹿者だから、着物にもやきもちを焼くよ、と返しがある。本歌は、頭、顔、胸、腰……と青年の視線を追って展開し、最後に取り上げられるのはワーフルの豚公。本句はまださわりである。皆で歌う春歌。（波）

拝《をうが》まねばのよでこの哀《あわ》れしやべが
振合《ふやわ》ちやる縁《ゐん》どにや恨《うら》めゆる

『琉歌全集』所収。お目にかからなかったら、なんでこんな悲しい思いをしましょうか。思いもかけずお逢いした縁が、いまはかえって恨めしく思われます。

「振合《ふやわ》ちやる縁《ゐん》」は、袖を重ねて共寝をした縁、という意味であるが、めぐり逢った縁、思いかけず逢った縁、の意にも使われる。ここでは後者をとり、雅びな恋と解したい。前者の例としては、「振合ちやんともて重ねたる袖に　移り香やないらぬ夢どやたる」などがある。(外)

待《ま》ちかねてをたら深《み》山《やま》鶯《うぐいすぃ》の
初《はつぃ》春《はる》の梅《うみ》の花《はな》の匂《にをうい》

詠み人しらず

『琉歌全集』所収。梅の花の香りを待ちかねていたのであろうか、春を告げる鶯の鳴き音が聞えだしてきた。二月ごろの鶯の初音は潤んでいて、まさに春告鳥《はるつげどり》である。その含み声が三月に入っての鳴き音に変わると春らん漫というところだろう。梅と鶯は、日本人が春を感ずる美感の象徴的な題材になるらしく、文学・美術・工芸に多用され親しまれている。琉歌はもちろん、琉球王朝文化でも華である。（外）

初《はつぃ》春《はる》の梅《うみ》のなまつぼでをすや
深《み》山《やま》鶯《うぐいすぃ》の声《くぃ》が待ちゅら

詠み人しらず

『琉歌全集』所収。初春になっても梅がまだつぼんでいるのは、深山鶯の鳴き音を待っているのであろうか。万葉集に咲く花は梅が多いが、平安朝になると桜を愛でる歌が増えてくる。美感の衣替えであろう。『おもろさうし』では桜はみられるが梅はない。琉歌では桜も咲くが、梅の香り立ちにしみじみとした情感が寄せられている。知識人たちの受けた和文学の影響なのであろう。「深山鶯」は琉歌世界の造語らしい。(外)

白《しら》瀬《し》走《はい》川《かわ》に流《なが》れゆる桜《さくら》
すくて思《うみ》里《さとう》にぬきやりはけら

詠み人しらず

『琉歌全集』所収。白瀬川に流れている桜の花をすくって、いとしいあの方に首飾りの花輪を作ってあげよう。首飾りの花輪はヌチバナ（貫花）である。清流に流れる桜花をすくい、糸に貫いて花輪にし、恋人にかけてあげよう、という清らかな乙女心を歌った歌。

『古今集』巻一にも「惜しと思ふ心は糸によられなむ　散る花ごとにぬきてとどめむ」（素性法師）という貫花の心がみられる。（外）

真北風《まにし》が　まねまね吹《ふ》けば
按司《あんじ》襲《おそ》いてだの　御船《おうね》ど待《ま》ち居《よ》る
追手《おゑちへ》が追手《おゑちへ》ど吹《ふ》けば

『おもろさうし』十三巻所収。真北風が追手風が吹くと、国王様の御船が待たれてなりません。このオモロの前書に「先王尚寧尊君御上国之御時をなぢやらの美御前御つくり被召候おもろ」とある。だとすれば、一六〇九年、島津の琉球入りの折、薩摩に連れて行かれた尚寧王の安否を気遣う王妃の作ったオモロということになる。人を恋う抒情のうかがえる後期オモロである。（外）

赤土の山の畑々大根の花紫に咲きて雨ふる

羽峰生

大正五年十一月二十三日『琉球新報』所載「琉球歌壇」にとられた二首の中の一首。大根の花は、白または紫がかった白色の四弁の十字の花で、晩春の頃咲く。種をとるために残しておいたものが花を咲かせるので、ひっそりとした感じを与えるが、そこに、雨がふっているというのである。赤土の山を開いた痩せ地に植えられた大根の花は、一層打ち捨てられたようで、侘しいばかりである。（仲）

うら切れて我《わぬ》や　浜下《はまう》れてみれば
白波や立ちゅり　かなや見りゃん

奄美大島・八月踊り歌

『南島歌謡大成　奄美篇』所収。「うらきれて」の「うら」は、心。国語のうらがなしい、うらさびしいの「うら」と同じ。原義は心が切られる様な痛みを言うのだろうが、オモロの語注に「みぶしやなり」とあるように見たい、会いたいの意。あなたのお顔を一目でもと思って浜に下りてみたのですが、浜は白波が立つだけで、あなたのお姿は影さえも見えません。啄木の「東海の小島の磯の白砂に〜」の一句を思い出させる歌である。（波）

こゝかしこ餌をあさりゆく鳥に似る転任の身を嘆きつるかも

北村白楊

大正七年五月二十三日『琉球新報』所載「琉球歌壇」に見られる一首。転任の身を、餌を探し求めてひょこひょこ飛び回る鳥のようなものだといって、嘆いているというのである。転任を、一種の敗残としてみる見方は、定住を好むことからきていようが、あと一つ、新しい出発として勇気を奮いたたせるほどの経済的余裕も与えられなかったということであろう。貧しい時代だったのである。（仲）

石垣もつたにうもれてその名のみ
のこるしろあといく世へぬらん

具志頭朝香

大正二年五月十九日『沖縄毎日新聞』に掲載された「同風社」詠歌集「四月当座　古城」の中の一首。点者大口鯛二大人。今帰仁や中城を始め座喜味、勝連、大里等に残る無数の城跡の石垣。興亡の歴史を、述懐した一首である。同風社は、旧派和歌の拠点。兼島景福、比嘉賀徳、與那原良儀、仲濱政模、高安朝常、當銘朝穎、美里朝珍等の錚々たる歌人が名を連ねた球陽歌壇の一大結社であった。（仲）

ささら北風《にしかじ》や　波《なみ》ぬ花　すらし
思《うみ》乙女《みやらび》無蔵《んぞ》や　我肝《ばーきむ》　すらし

竹富島・ささら北風

『南島歌謡大成　八重山篇』所収。竹富島の有名な祭り・タニドゥリの狂言で歌い踊られる古風な歌の第一節。「すらし」は、反らせが原義だが、ピンと立たす、生気付かせるなどの意となる。「波ぬ花」は、波頭が白く砕ける様を花に見立てたもので、海に囲まれて生活する者のよく生み出した美しい言葉である。「さいの花」とも。さらさらと吹く北風は波の花を咲かせるよ。私の思い人あなたは、私の心にきれいな花を咲かせるよ。（波）

片目《かたみ》から　どぅすぬ木
片耳から　とぅむぬ木

石垣島平得・いきぬぼーじぃユンタ

『南島歌謡大成　八重山篇』所収。本歌は、役人の求めを拒否して山に入る乙女と、その末路を歌う。本句は、乙女の死体の片目からはドゥスヌ木、片耳からはトゥムヌ木（タブ）が生えた、と言う。有用物の起源を人間の死体に求める死体化生《けしょう》説話は、日本では古事記のオオゲツヒメ神話が有名。この説話はインドネシアに伝わるハイヌウェレ神話に繋がるという。遙かなるネシアの文化と人間の往来が見え隠れして興味深い。（波）

ふるさとはいかに変わるもなつかしや
鳥さへ渡り鳴くにあらずや

上間草秋

一九四七年四月十一日『うるま新報』「心音」欄に掲載された「戦後故郷」二首の中の一首。垣花のガジャンビラを降りて那覇に降り、東の方を向くと、そこに白く雪におおわれたような丘がある。眼をこらして見るとそれは砲弾を浴びて変貌した旧都首里の姿であったと仲宗根政善は書いていた。沖縄戦で、全てが瓦礫に帰したが、どんなに変わり果てようと故郷は故郷だというのである。(仲)

ときわなる松《まつぃ》の変《かわ》ることないさめ
いつも春《はる》くれば色《いる》どまさる

北谷王子《ちゃたんおうじ》

『琉歌全集』所収。ときわの松は変わることはないであろう。いつも春が来れば緑の色がまさるばかりだ。「ときわ」は常磐の字を当て、常に変わらないさまをいうが、転じて木の葉が一年中緑色であることにもいう。

『古今集』に「常磐なる松の緑も春来れば、今ひとしほの色まさりけり」（源宗于）という歌がある。その影響を受けた琉歌であろう。縁起の良い歌で、古典音楽では荘重な特牛節《クティ》という曲にのせて歌われる。（外）

花《はな》の移《うつ》り香《か》にひかされて入《い》ゆる
恋《くい》の深山路《みやまじ》の果《は》てや知《し》らぬ

『琉歌全集』所収。花の移り香にひかれて入っていく恋の深山路は、どこまで行っても深みを増すばかりで果てがない。

「花の移り香」は匂やかな女性からの移り香であろう。袖と袖をかわしあってあとの男の悩みである。踏み迷うまいと思う自制もものかは、深みにはまりこんでいく恋の深山路は果てがない。「花の移り香にひかされて入ゆる　恋の山路やしばしともな」とも歌っている。（外）

ままならぬ恋路《くいじ》深《ふか》くふみ迷《まゆ》て
物《むぬ》よ思尽《うみつぃく》すかたもないらぬ

宜野湾王子朝祥

『琉歌全集』所収。ままならぬ恋に深く迷いこんでしまって、物思いをする思案もつきはててしまった。

恋の深山路に踏み迷ってしまった人の悩みは深々としてわびしい。

ふみまよてさらめ恋の深山路に　向かて行く先のほどもみらぬ

と詠んだ歌人も、行く先が見えない恋路に苦しんでいる。

『古今集』（凡河内躬恒）でも、

我が恋は行方も知らず果てもなし　逢ふをかぎりと思ふばかりぞ

と、果てのない恋に悩んでいる。（外）

世をすねて父母に叛《そむ》ける悲しさに
けふもきて泣く檳《びん》榔《ろう》樹《じゅ》の蔭

敏子

大正七年五月十二日『琉球新報』所載「琉球歌壇」にとられた一首。檳榔樹は、ヤシ科の常緑喬木。幹は直立し、ヤシに似た円柱形で環紋があり、枝がなく高さ十から二十五メートル。同科のビロウ（蒲葵）とは別種とある。我をはって父母に楯突く悲しさに、檳榔樹の蔭でいつも泣いているというのである。思春期のわけのわからない悲しみを歌ったもので、それが、青春の特権でもある。（仲）

木ぬ精《しー》や　木ぬ根《に》んじ　いー着《ち》ち召《み》そーり
土《ちち》ぬ精や　土ぬ元《むとぅ》んじ　いー着ち召そーり

読谷村座喜味・木の精のぬきじ唄

『南島歌謡大成　沖縄篇』所収。屋敷内の古木を伐り倒す時に唱える呪詞の全文。これを三回唱えるという。木の精は木の根に行って居つきなさいませ。土の精は土の元に行って居つきなさいませ。木には木の精が居り、土には土の精がいるという考え。人間を取り巻く森羅万象にはそれを支配する精霊が宿るという考え、これがアニミズムである。古代人はこれらアニマと共に暮らしていた。（波）

人《ふぃとぅ》のなさけの誠《まくとぅ》から出《ん》ぢて
い言葉《くとぅば》の花《はな》や蘭《らん》の匂《にをうい》

高宮城親方

『琉歌全集』所収。人の情愛というものは誠の心から出るもので、その心を表わす言葉の一つ一つは、蘭の匂いのように気高い。

「しなさけ」は深みのある情愛。「い言葉」は誠の心をふさわしく表わす言葉。頭に付いた「し」「い」は下接語をきわだたせる接頭語であるが、琉歌語の場合、きわだちや強めだけでなく、「し」「い」がつくことで情愛のあたたかさや言葉の意味の確かさが伝わってくる。

（外）

いかにして報《むく》いまつらん師の君の
我を教へしあつきこころは

高良睦輝

大正四年一月十九日『琉球新報』に掲載された「同風社十二月兼題恩師」詠歌集の中の一首。大口鯛二大人選。恩師への熱く、限り無い思いをうたったものである。「あつきこころは」は「師」にかかるだけでなく「我」にもかかる。「師の恩」を歌ったのは、スコットランド民謡に乗せて歌われた「仰げば尊し」。卒業式の歌であったが、涙ぐんだことをおぼえている方も多いかと思う。（仲）

吾《あ》がおなり御神《みかみ》の　守《まぶ》らて丶おわちやむ
やれゑけ
弟《おと》おなり御神《みかみ》の　綾蝶《あやはべる》成《な》りよわちへ
奇蝶《くせはべる》成《な》りよわちへ

『おもろさうし』十三巻所収。わがおなり神、弟おなり神が、私を守ろうとしていらしてくださった。美しい蝶、不思議な蝶に成り給いていらしてくださった。ひらひらと舞う美しい蝶を、おなり神の化身だと幻想しているオモロ。男兄弟を守る霊力（セヂ）を生まれながらに持っているのが女姉妹、すなわちおなり神である。おなり神は、鳥、蝶、魚などにも化身して男を守護している。（外）

五くの真《ま》ころ子《く》よ　浮《う》き清《きよ》ら走《は》りやせ
太《た》郎《ら》子《こ》掻《か》い撫《な》でころ
こゑしのは崇《たか》べて　おなり神《がみ》崇《たか》べて

『おもろさうし』十三巻所収。省いた後半を繋いで解釈すると、航海神でありおなり神であるコヱシノに祈って、造船し進水させたからには、つつがなく那覇泊に着いてほしいと願う予祝オモロである。船の航海には、ゑけり（男）が船頭をつとめ、おなり（女）はその霊力で男と船の安全を守る役目を受けもつ。いずれも命がけのつとめである。おなり神は化身して男の船を守っている。（外）

松木《まつき》が葉《ば》や　すうんざの物よ／あい落《う》てり迄《ぎゃ》
まい　まうけばどりよ／汝《うヴ》んてまいよ　命《むのち》の
ある迄《まで》　まうきやばどりよ

宮古島・トーガニ

『南島歌謡大成　宮古篇』所収。「すうんざ」は羨ましい。八重山方言のスッツァ、スザ等と同源の語。「まうけばどり」は、相対して、向かい合って。松の木の葉は羨ましい物だ。枯れて落ちても一緒にいるよ。お前達もあの松の葉の様に、命ある間はいつ迄も、向かい合い一緒に居るのだよ。婚礼の酒宴のざわめき。やおら立ち上がった初老の男が歌い出す、新しい夫婦に送る祝言の一句。（波）

亥《び》ぬてぬ年んなよー　根《ね》石《びし》丈《だき》　座《び》い直り
子《に》ぬてぬ年んなよー　根《に》や下《う》り　伸《ぬ》び美《かぎ》さ

宮古西原・島出ぬアーグ

『南島歌謡大成　宮古篇』所収。平良市西原は、一八七四年池間島より七十三戸を分村して創建された。本句はこの西原の創建を歌った歴史叙事歌の一節。亥の年にはよ、地中に根を張った石の様にどっかと座り、子の年には根を深く下ろし天に伸びるさまの美しさよ、がその意。歴史叙事歌ながら、ここには村の繁栄を予祝する心もまたみられる。なおこの亥年は一八七五、子年は一八七六年で、歴史と歌の間に齟齬はない。（波）

むーとぅぬ　金《きん》ぬ　かね　我《わー》が　ため
すーらぬ　金《きん》ぬ　かね　いゃーが　ため

奄美・ユングトゥ

『南島歌謡大成　奄美篇』所収。空に色鮮やかに、大きく虹が立った時に子供たちの歌ったユングトゥという。虹の根元の金色のかねは僕のためのものだよ。先の方の金色のかねは、君のためのものだよ、がその意。虹の元とは、地上から虹の立っている部分を言い、虹の「すら」は虹が弧を描いたその頂点部をいうのだろうか。ならば、七色鮮やかな部分は自分のもので、薄い部分はお前のものということになるが、如何。（波）

大君《ぎみ》は崇《たか》べて　をなり君《きみ》崇《たか》べて

けさよりも勝《まさ》り　昔《むか》よりも勝《まさ》り

『おもろさうし』五巻所収。尚真王の御計画で歓会門を造ったからには、尚真王こそ勝れてましませ、という前段があってこのオモロが続く。造門に関わっておなり神が崇べられているということは、おなり神は航海の守護とは違う祭祀的機能も持たされているということである。おなりとゑけり、根神と根人、ノロとアヂ、聞得大君と国王との対応関係は、宗教と政治の相関を体系的・構造的に映していることになる。（外）

砂山はなほくらけれど春の夜は
浪の上より白みそめけり

石塚才助

大正六年三月十五日『琉球新報』に掲載された「大正六年三月十一日日曜会兼題　海辺春曙」詠歌集の中の一首。「春はあけぼの。やうやうしろくなり行く、山ぎはすこしあかりて」は、よく知られた『枕草子』の書き出し。その山際春曙を海辺春曙にしたらどうなるかを歌ったもので、春の夜は、砂山からでなく浪の上から明け始めたというのである。(仲)

喪に居れば往時春夜をまざ〳〵と

夕紫浪

大正四年三月一日『琉球新報』に掲載された「児を失ひて」二句の中の一句。子供を失った悲しみを歌ったもので、人の訪れもなくひっそり暮らしていると、子供が元氣で居た頃の春の幸せであった夜々が、まざまざと思い出されてきたというのである。「霊あらん写真春を寒き雨」も同じく亡き児を偲んだもの。写真の生き生きとした姿が、淋しさを深くする。三月二十八日にも同じく「亡児の喪中」三句が掲載されている。（仲）

よな道《みち》がいまゐらあさ道《みち》がいまゐら
里《さとぅ》がいまゐ口《ぐち》や定《さだ》めぐれしや

詠み人しらず

『琉歌全集』所収。恋人が訪ねて来る道はよな道だろうかあさ道だろうか、定めにくい。待って待って待ち焦がれ、思いをつのらせている女の歌。「よな道」は砂道、「あさ道」は石ころ道。伊平屋島田名の歌。

「こめやとは思ふものからひぐらしの　なくゆふぐれはたちまたれつつ」（古今集）という和歌も、来るであろうか、いや来はしまいと思いながら、夕暮れになるとそわそわとして立って待つ気になっている。（外）

盛山村《むれーむら》なんがよ　乙女《みやらび》でん　ドッケマでん
生《まり》ぶれる
踊《ぶどう》りしりばん　狂言《きょんぎん》しりばん　ドッケマたん
がよ

石垣島盛山村・盛山ドッケマ

大浜信賢著『八重山の人頭税』（一九七一年）所収。本書の著者は八重山のマラリア撲滅に功績のあった医師。盛山村は石垣島東部、轟川の北側にあった村《むら》で一七八五年に創建されたが、マラリア等のため明治四十一年に廃村となった。乙女ドッケマは盛山村に生まれたが、踊りをしても一人、狂言をしてもドッケマだけだよ、がその意。衰微しきった村の有り様を歌って寂寥感が漂う一首。（波）

本帆《ほんぷ》ゆば　生《な》しゃる親《うや》　見上ぎにゃーん
弥帆《やぷう》ゆば　生しゃる母《んま》　見上ぎにゃーん
舵《かじ》からうば　家《やー》ぬ妻《とぅヅ》　抱《だ》キにゃーん

宮古島・旅栄えのアヤゴ

『南島歌謡大成　宮古篇』所収。「旅栄えのアヤゴ」は旅の安全を祈願・予祝する歌。沖縄では古くから旅は船旅を意味したから、「旅栄え」は航海安全をさす。風を孕み大きく膨らむ本帆は、親を見上げるように頼み。本帆に添う弥帆は、母を見上げるように頼み。命の舵は、愛しい妻を抱き締める様に抱え、そして嘉例吉だよ。帆と舵の譬えに「見上げ」の親と「抱く」妻をもってきた所にも祈りの心はある。（波）

わが乞ひに書幅を賜びし尋牛の
雅号も悲し君あらざれば

比嘉晴二郎

一九五〇年四月一日発行『うるま春秋』第二巻第三号収載「干瀬の調べに——山城正忠先生の霊に手向く」五首の中の一首。尋牛は、山城正忠の号。正忠は、与謝野鉄幹・晶子に師事、末吉安持とともに明星派の歌人として知られるが、書家としても謝花雲石、尚順と並ぶ沖縄三筆として知られた。戦時中九州の片田舎に疎開した臆病な書家が登場する、絶筆となった小説「香扇抄」もある。(仲)

つゝましく帽子を編める妹の
横顔さびし春雨の宵

蕉園

大正七年四月十五日『琉球新報』所載「琉球歌壇」にとられた一首。帽子を編んでいる妹の寂しげな姿を歌ったものであるが、帽子編みは、家計を支える大切な仕事で、多くの女性たちが従事した。アダン葉を原料とした沖縄パナマは、その大半が貿易商の手を経て欧米に輸出、後、アダンの乱伐による原料不足が紙縒帽子を生み、それが大正から昭和初期にかけて全盛期を迎えたという。（仲）

ままならぬ無蔵《んぞ》に思《うむ》ひ焦《く》がれとて
絶《た》え間《ま》なく立《た》ちゆる胸《むに》の煙《けむり》

尚鷺泉

『琉歌全集』所収。自由にできない彼女に思い焦がれたために、心の悩みは絶えることがない。

粋人として「遊び」の限りをつくした松山王子尚順男爵ですら、「ままならぬ無蔵」がいたわけである。切ない恋に身をさいなんだことであろう。ままならぬ恋を詠む歌二首、

ままならぬ無蔵がい言葉の露に　ぬれて松虫の夜夜になきゆら
ままならぬ恋路夢に通はちゆて　節よ待ちかねる縁のつらさ　（外）

眺《なが》めてもあかぬ野《ぬ》山《やま》うち続《つぃじ》き
みどりさし添《す》へる春《はる》の景《ち》色《しち》

詠み人しらず

『琉歌全集』所収。春の野山はいくら眺めても飽きることがない。うち連なる野山の緑が実に美しい。黄緑の色が広がっていくさまは、柔らかな春の風情である。「みどりさしそへ」といういい方で春の若々しさを映す琉歌はかなり多い。

和歌世界でも「わが背子が衣はる雨ふるごとに　野べの緑ぞいろまさりける」（古今集）などと、春雨が降るたびごとに野辺の「みどり」が鮮やかに広がっている。（外）

うりぃじぃんや　死馬《しぃにんま》ぬ　骨《ぷに》ん　動《うぐ》ん

八重山の諺

喜舎場永珣『八重山民俗誌』（一九七七年）所収。「うりぃじん」は旧暦の二、三月頃をいう。大地に潤いがしみわたり、木々にも新芽の緑の色がわたる。万物がその生命を発動させ初める時期である。八重山人は、うりずんには、目には見えないけれど大きなエネルギーが存在すると観じた。うりずんには死馬の骨さえも動き出す、がその意。死馬の骨も動き出すという、一見グロテスクとも思える切取りのなかに、この季節に対する期待の大きさを見る思いがする。（波）

事なきが淋しかりけり一八の
春はいささか人の恋しき

浮岳

大正四年二月十日『琉球新報』所載「琉球歌壇」六首の中の一首。十八歳の春の憂愁を歌ったものであるが、「事なき」は、ただ単に何もないと言うのではなく、男女関係の経験もないという意がこめられているのではないか。浮岳にはまた「いつしかに頬杖つきて眼をつぶり涙ぐみつつ君を思へり」のような歌もあり、「事なき」は、やはり思うことを越えたものだと取らざるを得ない。（仲）

田ぐぁ　植える時や　腰骨の　痛《や》みゅり
産子《なしぐぁ》　なしゅる時や　真骨《まぶね》　やみゅり

徳之島・田植え唄

『南島歌謡大成　奄美篇』所収。イェト（作業唄）の一首。「真骨《まぶね》」は骨の芯、骨の髄くらいの意。田植えの時の辛さは、腰骨の痛さよ。だけど、子供を生む時には腰骨どころか、骨の芯から痛いのだよ。田植えの腰の痛さ。それは毎年確実に訪れるものであったが、これに耐えなくては夏の刈り入れは迎えられない。腰の痛さなど子を生む苦しさに比べたら何でもないと、唄で励まし、励まされ、緑を田に差していく女の一群。（波）

都人きても訪はや久米島の
阿嘉の田毎の月のきよけさ

綾織生

大正四年三月十一日『琉球新報』所載「琉球歌壇」に発表された「久米島紀行の内より」五首の中の一首。「田毎の月」は、「長野県更級の冠着山のふもとにある、小さくくぎられた水田の水面に写る仲秋の月」とあるが、それをかりたもの。阿嘉については、「田毎の月」よりも、「北風を受けて逆行、飛泉寸断して霧消する」髭水が有名。これは余りに有名なので「田毎の月」にしたか。（仲）

春雨《はるさみ》に袖《すでぃ》やぬれらはも花《はな》の
散《ち》りとばぬうちに出《ん》ぢて見《ん》だな

尚泰王

『琉歌全集』所収。春雨に袖は濡れようとも、花が散らないうちに花見に出てみよう。柔らかな春雨に濡れている花の風情に心をひかれ、袖の濡れることもいとわないらしい。

「春雨の降らば野山にまじりなむ　梅の花笠ありといふなり」（後撰集）という和歌も、春雨が降ったならば、家へ帰るのではなく、かえって野や山へ入っていこう。梅が咲いていて梅の花笠があるということだから、と歌いあげている。（外）

飛《とう》び立《た》ちゆるはべるまづよまてつれら
我《わ》身《み》や花《はな》の本知《むとうし》らぬあもの

護得久按司

『琉歌全集』所収。飛び立って行く蝶よしばらく待ってくれ、連れ立っていっしょに行きたい。花の咲いている所を私は知らないのだから。「はべる」は蝶。現代方言ではハベルであるが、古典音楽ではハビルと発音されている。「花」は文字通りの花であるが、しばしば遊女の意に使われる。一説によればこの歌は本部按司の作で、遊里に出かける友に対して歌いかけたものという。遊び心に格調と気品が漂っている。（外）

しんだんぬ枝《ゆだ》まや　風《かじ》ぬどぅ　動《うが》しょーる
我《ばぬ》が心や　里《さとぅ》ぬどぅ　動しょーる

八重山・トゥバラーマ

『南島歌謡大成　八重山篇』所収。しんだんはせんだん科の落葉木。四月頃、うすく、小さな葉の間に薄紫色の可憐な花を咲かす。涼感を覚えさせる樹木である。せんだんの木の枝をそろそろと動かすのは爽やかに吹く風です。私の心を動かすのは貴方のお心だけです、がその意。乙女の恋を歌った一首とここではみた。すずやかに吹いてくる南風に枝を揺らすせんだんの木陰と乙女の恋の組合せ。技巧以前の美しさを感じる。(波)

七《なな》重《ゐ》八《や》重《ゐ》立てるませ垣《がち》の花《はな》も
匂《にをい》移《うつ》すまでの禁止《ちじ》やないさめ

詠み人しらず

『琉歌全集』所収。七重八重に囲まれたませ垣の花も、匂いを漂わせることまで禁ずることはできないだろう。「ませ垣」は花園のまわりを囲う垣根。香りたつ年頃になった娘に心を遣うのは親心である。にもかかわらず匂やかな娘や花は人の心を誘う。隠そうとしても隠せるものではありませんよと、ませ垣を囲った娘の親を揶揄する若者の歌。この歌は古典舞踊「伊野波節」の入羽のところで使われている。（外）

十七の春は悲しや日もすがら
野路にまろびて都あこがる

芳村真砂子

大正五年六月一日『琉球新報』所載「琉球歌壇」に発表された「若き日に」三首の中の一首。ひもすがらは、ひねもす、一日中。野路は、野原の道、のみち。まろびては、ころがっての意。飛び立ちたい思いを抱きながら、ただ転がっていることしか出来ない寂しさ、無念さを歌ったもの。「十四の春」「十五の心」は、啄木のものであったが、都にあこがれる「十七の春」がここにある。（仲）

百合ゆらりゆらり　とゆられけり

雌堂

大正二年八月二日『沖縄毎日新聞』に掲載された「波上月並会」詠句集の中の一句。波上月並会は、波上宮社務所に於いて開かれた発足したばかりの句会で、独楽、皎月、竹節、孤査、石杉、一羽、一〇、来鰻、孤松、滴翠、灌水、東国、麗洲らが名を連ねている。雌堂は、その代表格であったと考えられる。百合の句は香りを姿に転じたそのことよりも、「ゆらり」の同音を重ねたその音律がありがたく思われるものである。（仲）

天《てぃん》ぬ星《ぷシ》　子《に》ぬ方星《ぱぶシ》　星《ぶシ》ぬにゃーん
宮古《みゃーく》とぅなぎ　島《シま》とぅなぎ　照《てぃ》らさまちよー

宮古狩俣・クイチャー

『南島歌謡大成　宮古篇』所収。狩俣のクイチャー「上がり美ぎ狩俣村」の末尾二節の句。「とぅなぎ」は、～のある限りの意。天の星、北極星の様に、この宮古のある限り、島のある限り照り輝いて下さいませ、がその意。こう呼び掛けられているのは他でもない狩俣の地そのもの。冒頭では十四夜・十五夜の月の様に、美しく上がり輝く狩俣村、と歌っている。月と星をもってきた所に、オモロにも似た祈りの心が感じられる。（波）

うぶざー舟　たんなー舟／烏賊《いか》や　舵《かじぃ》　いー
や　帆《ふー》／しぃじぃー　竿《こー》／ぱりじゃや　櫂《やく》／
みじゅぬ　ぱだらー　上《うい》ぬ綴《とぅじぃ》

石垣島川平・うぶざー舟ユングトゥ

『南島歌謡大成　八重山篇』所収。ユングトゥには言葉とイマジネーションの遊びがある。ここは一種の魚尽くし。大叔父の舟・タンナーの舟はね、烏賊は舵で、エイは帆だ。シジャーは竿で、パリジャーは櫂。そして、ミジュン、パダラーは帆を綴じる留め物だ。以下、アバサー、蛸、イラブーなどが続く。魚の形からイメージされる船具の数々。連想ゲーム的な楽しさのある一篇。（波）

ふやかれてをてもしなさけや互《たげ》に
通《かゆ》はちど節《しつぃ》も待《ま》ちゆらやすが

『琉歌全集』所収。別れていても愛情は互に通っているからこそ、時の来るのを待つのですが、なかなか逢えないのが気になります。「ふやかれ」は、ふりわかれ（振り別れ）の変化。「ど」は連体止めを結びとする係り助詞なのだから普通なら「待ちゆる」と受けるべきであろう。「待ちゆらやすが」とする余韻の部分に恋する人の悩み、憂いが存分に込められている。とだえがちな「しなさけ」が恨めしいのであろう。（外）

振《ふ》られゆる我《わ》身《み》にのよで面影《うむかじ》の
打《う》ち向《んか》ひ向《んか》ひ袖《すでぃ》にすがる

瑞慶覧昌綱

『琉歌全集』所収。振られている自分に、どうして面影がまつわり、袖にすがりついてくるのであろう。振られて諦めようとしているのに匂やかな彼女の面影が立つと、断ち難い未練に身がさいなまれる。「ふる」には、振る、降る、古るの意が重なりながら、古くなって過ぎ去っていくものを惜しむ抒情が映されていて、平安時代の古今集などに数多くよまれているが、この琉歌の「ふる」は現代語の「捨てる」に近い。（外）

思い《おむえ》松金《まつぃがね》が　植《うぃ》たる　きょら芭蕉《ばしゃ》や
青《あを》葉《ば》　だれだれとぅ　萌《むえ》たる　きょらさ

奄美・大和村恩勝　芭蕉ナガレ

『南島歌謡大成　奄美篇』所収。「芭蕉ナガレ」は芭蕉布の出現を神話的に語った歌とされる。この句はその冒頭部で、思い松金が植えた美しい芭蕉は、青葉がダレダレと生い茂って美しい、がその意。「だれだれとぅ」という擬態表現で、芭蕉の葉が青々と茂り、風に打ちゅられるさまが捉えられた。本句は奄美各地で伝えられる「芭蕉ナガレ」の常套句だが、琉歌の音数律で作られている所に、この歌の新しさが見える。（波）

親も捨てはらからすてて現身は
犬の如くに君慕ひゆく

水野蓮子

大正十四年七月十七日『沖縄朝日新聞』に掲載された「犬のごとくに」九首の中の一首。詞書きがあって、そこに「親兄弟が否と云ふも世人が挙って否と叫ぶも我が君には背かれず我が幸は犬の如くに君が尻を追ふにあり」と書いてある。駆け落ちの歌か。その一途なあり方とともに、それを打ち明けてしまう勇気を具えながら、なお「犬の如くに」としか言えなかったのは、時代であろうか。（仲）

よその目《み》のしげさしばし待《ま》ちめしやうれ
月《ついち》の山《やま》の端《ふあ》にかかる間《うえだ》や

久志親雲上

『琉歌全集』所収。今は人目が多いからしばらくお待ちください。月が山の端にかかるまでは……。

よそ目をはばかる恋の悩みは果てしない。『古今集』でも「君が名もわが名も立てじ難波なる　みつともいふな逢ひきともいはじ」（恋をしているというあなたの評判も、私の評判も立てないようにしましょう。私に逢ったとも言ってくださいますな、あなたにお逢いしたと私も申しますまい）と歌っている。（外）

ピダ泉《ガー》ぬ　水ぬどよ
湧《ば》きさだーり　美《かぎ》水《みず》やりば
下からや　湧き上《や》がり
上《うい》からや　盛《む》り添《す》い

宮古西原・島出ぬアーグ

『南島歌謡大成　宮古篇』所収。ピダガーの「ピダ」は日本古語・オモロ語の「へた」と同じく浜辺、渚の意。名の通り村の西の浜辺にあり、村の命の泉であった。ピダガーの水はよ、湧き出る清らかな水だから、下からは湧き上がり、上からは盛りかぶさる様だよ。ピタガーの水の豊かさを讃えた一句である。しかしここには、尽きることなく湧き出る泉の水に託して、村の盛運を予祝する心がある。（波）

諸鈍《しゅどぅん》めやらべのろの雪《ゆち》の歯《は》口《ぐち》
いつか夜《ゆ》のくれてみ口《くち》吸《す》はな

詠み人しらず

『琉歌全集』所収。諸鈍乙女の歯は雪のように白く美しい。早く日が暮れてみ口を吸いたいものだ。

諸鈍は奄美大島・加計呂麻島の美しい浜辺で名高い村。穏やかな村には平家の落人伝説も伝わっており、そのせいか美しい娘も多い。キッス、接吻、口づけ、そのいずれにもまして、「み口吸はな」という愛表現のことばの響きがすがすがしい。「吸はな」の「な」は願望の意を表す助詞。（外）

家ごとに門をとざさぬひなな里は
むかしながらのならひなりけり

渡慶次朝宣

大正二年六月十七日『沖縄毎日新聞』に掲載された「日曜会」詠歌集「七月十三日兼題　門」の中の一首。日曜会は、同風社と並ぶ旧派結社。名護朝直、山城宗得、神山處如、高安朝常、岸本賀雅、糸満朝義、兼嶋景福、知念政置、大山朝真、浦添朝長、岳本岱嶺、仲尾次政均、比嘉賀徳、與那原良儀等が名を連ね、琉歌をもよくした。門は、世の中を象徴するもので、平和な村を歌った一首。(仲)

西ぬ波　立てぃば　東《ひぎゃ》ち　打ち越《く》しゅい
東《ひぎゃ》ぬ波　立てぃば　西ち　やい越しゅい

沖永良部島・島建てしんご

『南島歌謡大成　奄美篇』所収。「島建てしんご」はユタの唱える重要な呪詞で、宇宙と人間と文化（稲作）の始源を語った神話。国土の始まりの時、西に立った波は東へ打ち越し、東に立った波は西に打ち越していた、という。王府の史書『中山世鑑』の語る神話で、アマミキヨが眼下に見た光景も同じであった。沖縄人は波の洗う珊瑚礁の姿に島の始まりを見たのである。日本神話はこれを「水母《くらげ》なす漂える国」と想念した。（波）

荷車をふととめて車夫は塀ぎわの
榕樹の蔭に尿しにけり

えなつ子

大正三年六月十日『沖縄毎日新聞』に掲載された南洋社詠草「帳場の窓より」六首の中の一首。南洋社については不明。他によしみね等がいるが、長続きした結社のようには思えない。商い物を積んで町に行く途中というより、商いを終えての帰路の途中、何かをふと思い出したように車夫が榕樹の蔭に入る。道端でザーザーする姿に、違和感を覚えない時代というのもあったのである。(仲)

那覇出人のかてを包める芭蕉の葉

落平

大正二年六月二十日『沖縄毎日新聞』に掲載された「午下の日々芭蕉」二句の中の一句。「出人」という語があるのだろうか。よくわからないが、「那覇出人」を商用か何かで那覇に出てきた人というふうに解してみた。芭蕉の葉は、それを炙って弁当包みにしたが、落平は、そのカーサ弁当を見て、心を動かしたのであろう。落平には、「芭蕉」同題の何句かがあり「獅子舞いの盆の月芭蕉大照りに」のような佳句がある。（仲）

つろおて　しめて　しめて
なかはい　とひつかんやうに
ち中《なか》飛つかんやうに

久米島のマジナイ言

『南島歌謡大成　沖縄篇』所収。「堂・比屋定作物の為、浜下りの時、ませない言」の一節。「つろおて」は関節を繋ぐ筋・腱が落ちること。チルダイとほぼ同意。「なかはい」は天と地の中辺で、中空。イナゴどもをチルダイさせて、羽落ちさせて、中辺に飛び付かないように、地中を飛び付かないように、がその意。アブシバレー（畦祓い）でニライへ送られる害虫に対する呪詛の言葉である。（波）

慶良間島沖にならべる釣舟は
かもめむれゐるこゝちこそすれ

當銘朝顯

大正六年四月八日『琉球新報』に掲載された「鶯蛙会三月当座　釣舟」詠歌集の中の一首。武島又二郎大人選。鶯蛙会は新しい結社であったかと思うが兼島景福、石塚才助、比嘉賀慶、亀山朝奉、浦添朝長、當銘朝顯、高江洲昌壮、鉢嶺清温等、同風社、日曜会メンバーが顔を出している。慶良間島沖に並んだ釣舟が、鴎の群れて浮いている様に似ているというのである。旧派そのものの歌。（仲）

囚人の鎖の如く妻といふ
名を呪ひたりいらだてる身よ

新垣美登子

大正十五年版『琉球年刊歌集』所収「別離」二十首のうちの一首。池宮城積宝を『アンナ・カレーニナ』のウロンスキーだと思い込んで一緒になるが、一緒に暮らしたのはわずか数カ月。積宝の放浪癖はやまず、「妻といふ名」は、まさにそうとしかいいようのないものであった。伊波普猷を囲んで「新しい思想」に目覚めながら、なお「名」にこだわらざるをえなかった焦慮が胸を打つ。(仲)

つと握る君が腕は白かりき
今宵はじめて接吻をする

金星

大正五年八月十五日『琉球新報』所載「琉球歌壇」に発表された二首の中の一首。つとは、急に動作を始めたり、止めたりするさま、さっと、突然の意もあるが、動かずにその状態を続けているさま、じっとの意もある。ここでは前者をとりたい。さっと腕をとり、抱き寄せたというのである。「今宵はじめて」には、長い間付き合いながら、という言葉も隠されていて、やっとなのである。（仲）

若麦の穂をぬき取り子供等の
吹き鳴らす音のなつかしきかな

あかつた

大正五年五月十日『琉球新報』の投稿欄「読者倶楽部」に掲載された一首。麦は、冬、種をおろすと、十日あまりで芽を出し、翌春四月頃には青々とした穂が実り、五、六月には黄褐色に成熟して刈り取られるという。子供たちが、麦の穂を抜き取って吹き鳴らすのを聞くと、かつて同じように遊んだ記憶が蘇り懐かしいというのである。麦の穂もまた、ガキの恰好の遊び道具となった。（仲）

月《つき》んな　照《て》り栄《ぱ》え／星《ぼす》んな　影《かげ》　添え
抱《だ》きみ欲《ぼ》す　腰《やうら》の／咲き花《はな》の　愛《かな》しゃよ

宮古・西銘の司のアヤゴ

『南島歌謡大成　宮古篇』所収。西銘は宮古城辺町の古い集落。伝説の土豪・飛鳥翁も西銘の主であった。その飛鳥翁と西銘の按司の娘の結婚を仲立ちした歌。月の様に照り輝き、星の様にきらきらと光る。手に取り、抱いてみたい細腰。今しも咲き出た花の様なその姿の愛しさよ、がその意。この歌を聞いた飛鳥翁は、その美人を一目見ようと西銘を尋ね、按司に望まれて婿入りする。歌は、二人の結婚を天の配剤と讃える。（波）

しめやかに雨降り山羊《やぎ》の鳴くゆうべ
ひとり悲しく鍬《くわ》洗ふなり

日賀石流

大正六年五月四日『琉球新報』に発表された一首。しめやかは大きな音を立てず物静かなさま。山羊は、家計の一助として田舎では各家庭に飼われていたが、その鳴き声は人の気を滅入らせるものがあった。畑仕事を終え鍬を洗っている雨の夕暮れ時の心緒を歌った一首。労働の後の充足感もなく、妻もめとれず、日々の貧しい生活におしひしがれている心の虚しさが涙の雨を降らしている。（仲）

大和《やまとぅ》いしゅぎらや／サバぬ　飯米《はんめ》てんが
あったら　米《くみ》がなし／海《うん》ぬ　肥《くエ》　成《な》ち

奄美・徳之島　田植え唄

『南島歌謡大成　奄美篇』所収。「大和いしゅぎら」は、薩摩の侍で、ここでは島に収税にやって来た役人を指す。「サバ」は鮫。「あったら」は、惜しむべき、大切な。薩摩の侍が鮫の食糧となっても何のことはないよ。わしらが作ったあのお米を、海の肥やしにしたかと思うと、はあ、何とも言われないことだ、がその意。人の命と米を秤にかけて、なお米の方が惜しいと歌うのは、情け容赦ない支配者への激しい怨嗟故であった。（波）

四つばひの仔牛ぞわれはモウモウと
啼《な》けと子に云はれて即ち啼くも

名嘉元浪村

大正十五年八月二十九日『沖縄朝日新聞』所載「朝日歌壇」にとられた「背に子を乗せて（その他）」十一首の中の一首。四つん這いになって、子供を背に乗せたら、モウと啼けというので、啼いたというのである。親の子を思う情あふれた歌であるが、玩具の少ない時代は、父親をも玩具にしたのである。が、それ以上に、思い患うことの多い者にとっての大いなる慰安がそこにはあったとみる。（仲）

大見謝はかなしからずや道化たる
下男役に蹲踞《つくばい》ゐる

らくこう

大正三年八月一日『琉球新報』所載、草秋選「琉球歌壇」所収。「球陽座を見て」六首の中の一首。大見謝は大見謝恒幸。彼が作った「殷元了　自了」は、「着想も興行価値も相当なもので、しかも知的で役者の作ったものとしては芸術的匂いのある作品だった」と真栄田勝朗は書いているが、役者としても「花形」の一人であったという。この時の出し物は多分「黒島王」であったかと思う。（仲）

いんだれぬ　生《ま》りや／芭蕉ぬ　茎《ふきぃ》　白さ生り
烏賊《いか》ぬ　さやぬ　白さ産《しぃ》でぃ
まーにぬ　茎ぬ　柔《やふぁ》らさ生り

石垣島石垣・いんだれユンタ

『南島歌謡大成　八重山篇』所収。インダレは男の名。マーニは植物名で、クロツグのこと。インダレの生まれは、芭蕉の茎の中子の様に白い色だよ。烏賊の甲の様に真っ白な生まれよ。マーニの若い茎の様に柔々とした生まれだよ、がその意。白さと柔らかさを美しさの頂点に持ってきたのは、それらが、南島の強い日差しの下で呻吟する真っ黒な肌をした歌の主達の、夢であったからである。（波）

脱ぎすてし衣をたゝめるわが妻を
哀れとぞ見る宵のしづけさ

君雄

大正五年八月十五日『琉球新報』所載「琉球歌壇」に発表された三首の中の一首。何か、争ったのであろうか。そのあと、黙ってしまったため宵のしづけさがいよいよ深くなったとも読めるし、また、荒れた心を理解することもなく、ただ日常のことを繰り返しているだけのあり方が哀れに見えるともよめる。男の何か物足りない思いと、感謝の念が入り交じった複雑な心を歌った歌に見える。（仲）

ちょうじの香母が衣着ればにほひ来る
母といふ名がなつかしきかな

冬村ふゆか

大正元年八月二十五日『琉球新報』に掲載された「岬まで」二十九首の中の一首。ちょうじは、丁子で、南洋産のてんにんか科の常緑高木。花は白または淡紅の四弁花で芳香がある。蕾を乾燥したものを丁香と呼び古来有名な香料。母がつけていた着物を着てみると、丁香の香が漂ってきたというのである。名前はあっても「母という名」だけで生きた女の身を知り始めた女の哀感を歌った。（仲）

せんだんの小枝に目白飛びきたり
小首かたむけ我れを見つめり

赤蔦生

大正五年五月三十日『琉球新報』所載「琉球歌壇」に発表された六首の中の一首。せんだんの小枝に止まった目白が、小首を傾げて自分を見たというだけであるが、「小首かたむけ」は、くりくりっとした目白の愛らしさをうまく引き出した。目の回りの白、喉の黄色、腹部の白色そして高啼き。何れも好ましく籠鳥として飼われた。小首を傾げて自分を見る文鳥を書いた佳篇が漱石にあった。(仲)

肝《きぃむ》ん 肝し 居《う》らるん ばしゅや

あざり道《みちぃ》ん 当てーねーなーどぅ 居る

八重山・トゥバラーマ

『とぅばらーま歌集』所収。「肝ん肝し居らるん」は、沖縄の方言の、チムン・チムナランにあたる。「当てーねーなー」は、当てがなくて。気にもならなくて、の意。あなたのことが狂おしく思われる時は、暗く小さな険しい道さえ何とも思われない程です。ひたすらな恋の思いに憑かれた時、目の前の難事・障害も意識されない。琉歌の「与那の高坂や汗はてど登る／無蔵に思なせば車とうばる」も同想だが、本歌の方が切迫感はある。（波）

庭のませ内に露の玉うけて
しほらし匂立ちゆる花のきよらさ

詠み人しらず

『琉歌全集』所収。庭のませ垣の内で、朝露をふくんで匂い立っている香りのゆかしさ、花の美しさよ。匂い立っているこの花は蘭なのだろうか。朝まだきの草の葉末に輝く露をうたう歌は多い。

オモロにも「謝名上原上て蹴上げたる露は、露からどかばしやある」とあり、さわやかな朝露と露ぶくみの香りに美感が寄せられている。「ませ」は、庭の中の植込みの周囲に設ける低い柵。「ませがき」とも。

（外）

いざ縫はん今日も一日縫ひ縫ひて
上手になりて君に嫁がん

新町光子

大正五年八月十一日『琉球新報』所載「琉球歌壇」に発表された二首の中の一首。新町は大層柄の大きい歌人であったようで「鍬とりて野菜畑を耕やせる君が腕の太く懐かし」のような歌もある。縫い物上手であることが、妻の大切な条件であったこともあるのだろうが、ここには、その条件を満たしたいということからではない、もっと積極的な心が歌われている。はずむ心が歌になった。（仲）

酒《さき》飲《ぬ》みちゃがみまい　八十八《やすちぃやー》ちぃヨーイ／飲
まんすまい　八十八ちぃヨーイ
飲みゆーてぃどぅ　マーン　八十八ちぃまっ
ぶぁでぃさまちヨー

宮古島・盃トーガニ

『日本民謡大観（奄美・沖縄）宮古篇』所収。盃トーガニは祝宴で盃をやりとりする時の歌。酒を飲んでも八十八才、飲まない者も八十八才だよ。同じ八十八迄なら、ほんと、飲んでの八十八がましではないかい。琉歌「酒飲でも八十　飲まなても八十／えの八十なれは飲での八十」のトーガニ版。酒を讃えた大伴旅人の万葉歌よりも、記紀歌謡の酒寿ぎの歌の明るさに近い。（波）

思《うむ》ゆらば里前《さとぅめ》島《しま》とまいていまうれ
島《しま》や中城《なかぐすぃく》花《はな》の伊舎堂《いしゃど》

詠み人しらず

『琉歌全集』所収。愛してくださるのなら、私の村を訪ねて来てください。私の村は中城の、華の伊舎堂ですよ。伊舎堂には歌碑あり。

この「花」は、農村の男女が野遊びで歌掛きの場を楽しむ華やかな村の意の「はな」であろう。「わがいほはみわの山もとこひしくはとぶらひきませすぎたてるかど」（古今集）と詠んだ和歌の、気がねがちな誘い掛けに対して、琉歌のなんとおおらかで健康的であることか。（外）

莟《ついぶ》でをる花《はな》の宵《ゆい》の間《ま》に咲《さ》きゆす
情《なさき》ある露《ついゆ》の忍《しぬ》で降《ふ》たら

詠み人しらず

『琉歌全集』所収。つぼんでいた花の宵の間に咲いたのは、情ある露が忍びやかに降ったのであろう。

まだ花の莟だと思っていた乙女子が、いつの間にか女になったようである。きっと誰かが忍び恋をして、ひそやかな露を降らせたのだろう。

十三夜の月を愛でるように「莟でをる花」の情趣に美感を寄せている粋人らしい。つぼんでいる花を受けて、「情ある露の忍で降たら」と結んだ下句の結び方は「粋」である。（外）

いつの夜《ゆ》の露《つぃゆ》にうち笑《わら》て咲《さ》きやが
待《ま》ちかねてをたさ花《はな》の莟《つぃぶみ》

渡久山親雲上政規

『琉歌全集』所収。いつの夜の露にうたれて咲いたのであろうか、待ちかねていたように咲いた莟の美しさよ。もう莟ではない。華やかに咲いた花のあでやかさがここにはみられる。花はもちろん乙女子である。莟の頃から、いつかいつかと花開く日を待ちかねていたのであろう。しばし見ぬ間に、美しくたおやかに育った乙女子に息を飲む思いだったのであろう。ひそやかな思いをかけていたらしい男の心が映されている。（外）

成《な》るだるめんや　菜種《なーだに》ぬ油《あば》垂《た》らし
退《ぬ》きるめんや　貴方《うら》いじぃ
我《ばぬ》いじぃ

詠み人しらず

『とぅばらーま歌集』（一九八六年）所収。古典的トゥバラーマの一首。「菜種《なーだに》の油《あば》垂《た》らし」はアンダグチ（油口。おべっか）たらたらとして。「いじぃ」は叱り、なじり。一緒になる時には、それこそ歯の浮くようなことも言ったのに、別れる今となっては互いに詰りあうことだよ。それは男女の仲のみの事ではない。人と人の間に永遠に起こり続ける、いわば人間の普遍の業であろう。トゥバラーマは恋歌のみでなく、このような人間の真理もまた歌うのである。（波）

我《ば》んな　餅《むちぃ》米《まい》ぬ飯《いー》や　食《ほ》うなーた
粳《さふ》米《まい》ぬ飯どぅ　食《ほ》ったゆー
ハッチリレー　ハッチリレー

八重山竹富島・糸巻きの呪文

『南島歌謡大成　八重山篇』所収。苧を紡ぎ管に巻くのは根気のいる作業。その苧籠の苧を管に巻く時の呪文。私は糯米の御飯は食べなかったよ。ぱさぱさした粳の御飯をたべたんだよ。はっ切れよ。はっ切れよ。もつれた糸と糯米は、ねばり、くっつくという点で通いあう。その粘るものを体内に取り込んだ者がもつれを生む。もつれた糸をほどくイライラのなかで、ふと漏れた様な一句。（波）

風あれてふねもかよわぬうなばらに
なみをやぶりてくちらゆく見ゆ

當銘朝顯

大正二年十月十九日『沖縄毎日新聞』に掲載された「同風社九月兼題　鯨」詠歌集の中の一首。「くちら」は、鯨のかな表記で、冬の季語。大荒れの海をものともしないで、鯨が泳いでいくのが見えたというのである。秋櫻子に「海峡細く凪ぎて鯨のよく通る」があるが、その逆をいった。鯨は、「魚に似た形の、くじら目の哺乳動物の総称」で、沖縄近海でよく見られるのはザトウクジラ。（仲）

わやうめいあてなしに情《なさき》かけめしやうち
いきやす思里《うみさとう》やお旅《たび》めしやいが

詠み人しらず

『琉歌全集』所収。私のような幼い者に情をおかけになって、どうしてあなたは遠い旅にお出かけになるのですか。やさしい男の情を受けた若い乙女子にとって、頼りにした男の旅立ちこそつらいことはあるまい。つらいどころか途方にくれてしまっているであろう乙女子の悲愁、悲嘆が眼に映る。

「わやうめいあてなし」は、私のような幼い者。「わやうめい」は私。「あてなし」は幼い者の意。（外）

ふさぶさと葡萄《ぶどう》の如くみのりたる
パパヤの蔭にパラソルが見ゆ

露笛

大正五年五月十九日『琉球新報』所載「琉球歌壇」に発表された三首のうちの一首。パパヤは、熱帯アメリカ原産。食用として用いられるばかりでなく蛋白質消化剤、駆除剤、整腸剤ともなる。パラソルをさした女がたわわにぶら下がるパパヤの陰に見えるというのである。パパヤの連想から、胸の大きさに思い及ぶのは、パラソルというハイカラな語があって無粋か。方言でマンジューイー。（仲）

あまみつぬ　くぬみぬ　イエイヤ
あまうへーだーよう　米《くみ》の　湧上がる

玉城村百名・あまへーだーの歌

『南島歌謡大成　沖縄篇』所収。「あまみつ」は、沖縄の創世神話で、国土を造った神とされるアマミキョのこと。稲作もアマミキョが始めたという。アマエーダーの歌は、稲作の起源とそのありかたを対語・対句を重ねて叙事的に展開する。その冒頭の第一節が本句。アマミキョが始めた稲作。イエイヤ。天親田《アマウェーダー》は米が湧き上がる。「天親田〜」はハヤシで、各節でこだまの様に繰り返され、豊穣予祝の心意を浮き立たせる。（波）

楠《くすぬき》はこので　大和船《やまとふね》このて
大和旅上《やまとたびのぼ》て　山城旅上《やしろたびのぼ》て
珈玻羅《かはら》買《か》いに上《のぼ》て　手持《ても》ち買《か》いに上《のぼ》て

『おもろさうし』十巻所収。楠材で大和船を造って大和旅をし、曲玉を買いに行くことを謡ったオモロ。前半では沖縄本島南部、摩文仁村の伊敷の按司が、崖下の傾斜を削り港を造っている。立派な按司を賛美し、大和交易の繁栄を予祝したのであろう。伊敷辺からは鉄をはじめ、磁器や焼物も出土している。伊敷は大和だけでなく、西へ南へ行く交易船の船がかりの港でもあったようだ。（外）

聞《きこ》へ押笠《おしかさ》　鳴響《とよ》む押笠《おしかさ》　やうら押《お》ちへ使《つか》い
喜界《きや》の浮島《おきしま》　喜界《きや》の盛《も》い島《しま》
浮島《しま》にから辺留笠利《ひるかさり》かち〜安須杜《あすもり》にから　あかまるにかち〜

『おもろさうし』十巻所収。名高い押笠神女が守護する船の船出である。喜界島から奄美大島の辺留、笠利、瀬戸内、徳之島、沖永良部島、与論島を伝って辺戸の安須杜へ、さらに赤丸岬、残波岬を通って那覇の親泊へと入っていく。奄美から沖縄への航海であるが、海の難所に鎮座する神々の加護を得つつ航海する海人たちの敬虔な息づかいが伝わる。（外）

夏真南風《なちぃまぱい》ゆ　捧《ささ》ぎ欲《ぶ》しぃ男《びきりゃ》とぅどぅかヨー
あさ井泉《かー》ぬ水《みじぃ》　肝《ちぃむ》すらしぃ女《ぶなりゃ》とぅヨーイ
着《ちぃ》きとーよぬ　夫婦《みゅーと》てぃ　満《ん》てぃとーゆて
いどぅ　配《くば》らり居《う》りばヨー

宮古・来間島　結納ぬトーガニ

『日本民謡大観（奄美・沖縄）宮古篇』所収。「とぅどぅか」は、和やかな。「すらし」は、生気付かせる。「着《ちぃ》きとーよ・満《ん》てぃとーゆ」は、着き足りた・満ち足りたで、似合いの意。夏の真南風の様に爽やかな、結婚したい男と、親なる井泉の水の様に心を晴々とさせる女と、行き足り、満ち足りたお似合いの夫婦。天から配られた二人だよ。結納の祝宴歌にふさわしい一首。（波）

聞《きこ》ゑおわもりや
京《きや》 鎌倉《かまくら》 交刺巴《かわら》 南蛮《なばん》ぎやめ
唐《たう》 宮古《みやこ》 揃《そろ》へて適《かな》わしよわれ
鳴響《とよ》むおわもりや

『おもろさうし』七巻所収。名高いオワモリ神女は、京、鎌倉やジャワ、南蛮（東南アジア全域）まで、さらに唐や宮古も揃えて心を一つに合わさせ給え。交易立国をした琉球王国が、四海皆同胞、向かう方撓て、という思想を交易理念にしていたことがうかがえる。北に南に、そして西に雄飛して、中継貿易の花を咲かせていたのであろう。十五、六世紀ごろのオモロである。（外）

刳舟はゆりもやまずにひた走る
夫ふり岩をめぐる千鳥ゆ

星葵

大正十四年九月三十日『沖縄朝日新聞』所載「朝日歌壇」にとられた「国頭礼讃」六首の中の一首。夫振岩に舞っている千鳥を、舟の上からみて歌ったものだが、夫振岩は、名護市源河の北方二百メートル沖合にある岩礁。ウトゥプイイシ、ウトゥフイジーとも。仲の良くない若夫婦を、その岩場に連れていって置き去りにしたら、お互いに助け合って仲良くなったという伝承が残っている。(仲)

首里《しょり》おわるてだこが　浮島《うきしま》はげらへて
唐《たう》　南蛮《なばん》　寄《よ》り合《あ》う　那覇泊《なはどまり》
ぐすくおわるてだこが

『おもろさうし』十三巻所収。首里の御城《うぐしく》にましますます国王様が、那覇の街を整備して立派な港をお造りになったために、那覇の港には唐や南蛮の船が盛んに寄り合うことだ。

首里城を都城にした琉球王国では首里と那覇を結ぶ構造的な都市計画が必要だったことはいうまでもない。四海に開かれた那覇と那覇港の繁栄ぶりが彷彿する。「てだこ」は太陽子、すなわち国王の美称である。(外)

くいちゃーぶどぅいぬ　いでぃからよー
今年《くとぅシ》ぬ　世《ゆー》や　なオれ
来年《やーに》ぬ　世や　勝《まさ》り　重《かさ》みー　なオれ

池間島・直り世の雨加那志

『南島歌謡大成　宮古篇』所収。「くいちゃーぶどぅい」は宮古の民俗舞踊のクイチャー。大地を力強く踏み締め、軽快に飛び上がってはパンパンと手を拍ち鳴らす舞いは、素朴な中に、願いと喜びが横溢している。クイチャー踊りが出たからには、今年の五穀は豊かに実り、来年の世はさらに勝り、重なっての豊饒であるよ、がその意。竹富島の芸能「くいちゃ踊い」の「仲羽」の歌は同一内容の歌。（波）

あけやう天河原《てぃんがら》や島横《しまゆく》になたさ
できややう立《た》ち戻《むどぅ》らよべの時分《じぶん》

詠み人しらず

『琉歌全集』所収。ああ、とうとう天の川は島の横に傾いてしまった。さあ帰ろう、昨夜帰った時刻になってしまったよ。夏の夜、心をかわしあった恋人たちが、ふと気がつくと、天の川が島の横に傾いている。昨夜も逢ったのにまた心を残さねばならない。天の川が「島横《しまゆく》」になるという表現は雄大で美しい。銀河のきらめき、さわやかな夜風に包まれた二人の恋の歓喜が伝わる。（外）

あけやうこれきやしゅが思切《うみち》りやならぬ
引《ふぃ》かされて行《い》きゆさ我身《わみ》の肝《ちむ》や

『琉歌全集』所収。ああ、どうしようか、思い切ることのできないままあの人に引きつけられていくよ、私の心は。彼女に魅せられて恋のとりこになってしまった心の嘆きである。「あけやうこれきやしゅが漕ぎ道や知らぬ　深海乗り出たる恋の小舟」とも歌われている。「あけやう」は強い悲嘆を表す感動詞。アキ、アキヨー、アキサミヨーと、驚きと嘆きの情が深まっていく。（外）

うちかへす鍬《くわ》につきたるあたらしき
土の光りて六月にいる

美佐木浪雄

大正四年六月二十二日『琉球新報』所載「琉球歌壇」にとられた「旅にて」十一首の中の一首。「あたらしき土」は、開墾のことをいったものであろうか。それとも、単にこれまでと異なる作物の植え替えのための耕作をいったものであろうか。よくわからないが、農作業を讃美した歌といえよう。六月、梅雨明けの光りが「土の光り」に重なり、清新な豊穣予祝歌としての味わいを生んだ。（仲）

福呂木の葉の黄にちりて埃たつ
ひでりの町の時鐘のさびしさ

山城椅月

大正三年八月四日『琉球新報』所載、草秋選「琉球歌壇」所収。福呂木はフクルギの表記で麒麟草。多年草。黄緑色の多肉質の葉で、六月頃、黄色い五弁花が群がって咲き、乾燥に堪える花。茎・葉を傷つけると乳状の液が出て、その液は「ささ」（魚をとるために、水中に投入する毒物）に用いる。福呂木さえも枯れそうなひでり続きの町に時を告げる鐘は、うつろに響くだけだというのである。（仲）

それ美《か》げさ　目《め》黒《ぐろ》盛《もり》。
雲《くも》ん丈《だけ》　天《あま》下りャ子《ふ》等《ら》
明《あ》けとらが　太《て》陽《だ》丈《だけ》な
上《のゆ》り栄《さか》　鳴《と》響《よ》む主《しう》

宮古・目黒盛豊見親が島鎮めのアヤゴ

『南島歌謡大成　宮古篇』所収。目黒盛豊見親は十四世紀中葉の伝説的人物。当時宮古を席巻し、暴威を振るっていた与那覇原軍を打ち破り、宮古に平和をもたらしたという。その事績を讃えたアヤゴの一節。そんなにも美しく立派な目黒盛。雲の様に、天下った天人の子。明け寅の刻の太陽の様に、上がり輝き、鳴り轟くお方。明け方の東の空に輝き出る太陽と英雄を重ね、美しく、力強い。（波）

若夏がなれば心うかされて
でかやうまはだをよ引きやり遊ば

『琉歌全集』所収。若夏になると心が浮き浮きとする。さあ乙女の白肌のような芭蕉の苧から繊維を引いて遊ぼう。「まはだを」は真肌苧。若夏の頃のイトバショウ（糸芭蕉）は、さんさんと降りそそぐ夏陽を浴びて黄緑の葉が若々しい。中子の苧も白くつややかに育つ季節である。

若夏が過ぎ、芭蕉の中子から繊維を引いて糸を績み、布を織りなしていくことを思うと、乙女たちの心も真肌も弾むことであろう。（外）

われら皆心元なき仲間なり
芝居よりげに行くところなし

らくこう

大正三年八月三日『琉球新報』所載、草秋選「琉球歌壇」所収。「中座『さんげ劇』を見て」八首の中の一首。当時の中座は、新垣松含、伊良波尹吉、多嘉良朝成、吉元其康等の実力派が揃っていて、中座びいきの常連に山城翠馨、百名朝功等がいたと言われる。らくこうもその一人であったのであろう。心を満たすものが他になく芝居に通ったというのであるが、中座の全盛が、そこにはあった。（仲）

真南風《まはへ》鈴《すづ》鳴《な》りぎや　真南風《まはい》さらめけば
唐《たう》　南蛮《なばん》　貢《かまへ》　積《つ》でみおやせ
追手《おゑちへ》鈴《すづ》鳴《な》りぎや　追手《おゑちへ》さらめけば

『おもろさうし』十三巻所収。真南風鈴鳴り（船名）が、追手風の南風が吹き出すと、唐、南蛮からの交易品をいっぱい積んで帰ってくる。それを貢物として国王様に差しあげよ。危険を冒して出航した真南風鈴鳴りの帰りを、国王はもちろんのこと島中の人々が心待ちに待っている。南風のそよめきを感ずるたびに、交易品の数々を夢みる期待と願望が、島中に疼くことであろう。（外）

月《ちぃきぃ》ぬ真《ま》昼《ぴろ》間《ま》や　やんさ潮《すう》ぬ　真《ま》干《ぴ》いり
夜《ゆる》ぬ真《ま》夜《ゆ》中《なか》や　乙女《みやらび》ぬ　潮時《しぃどぅきぃ》

八重山・月の真昼間節

喜舎場永珣『八重山民謡誌』所収。「月《ちぃきぃ》の真昼間《まぴろま》」は、月がこうこうと照って真昼の様に明るいさま。「やんさ潮《すぅ》」は年間最大の干潮をいう。「真干《まぴ》いり」は、潮干きが最大であること。月が真昼の様に照る夜はヤンサ潮のいざり時だよ。月の無い闇の真夜中が乙女達の恋の潮時よ。下句にこそ本歌のテーマはあるが、月の真昼間という、南島の月の明るさを表現して余りある強烈な言葉によって、むしろ上句の描く情景が際立っている。（波）

あひやんがれ浮世義理《うちゆじり》のないぬあれば
二人《ふたり》ままなゆる恋路《くいじ》やすが

詠み人しらず

『琉歌全集』所収。ああ、どうにでもなれ、浮世に義理というものがなければ、自由になる二人の恋であるが、ままならぬ浮世、ままならぬ恋であることよ。

投げやりな「あひやんがれ」という語を、詠歎の意をこめた「やすが」で受けたところに恋の苦しみが滲んでいる。「あひやんがれ」は感動詞。ああどうにでもなれの意。現代方言ではアッパンガレー。（外）

あぶなげに胡瓜《きゅうり》をきざむ新妻の
白きうなじにほつれ毛はよし

夏の鳥

大正五年八月八日『琉球新報』所載「琉球歌壇」に発表された三首の中の一首。うなじは、えり首。ほつれは、乱れている髪の意。新妻の初々しさを歌ったものである。料理をする手の危うさ、えり首にかかる少し乱れた髪の毛、そうしたすべてが新鮮にうつったのである。手慣れていないこと、整っていないことが美しく見える頃もあるのである。胡瓜を刻む音が、新妻をいよいよ際立てた。（仲）

頑《かた》なにユナ咲く清水すれ〳〵に

南海

大正四年八月四日『琉球新報』所載「琉球俳壇」に発表された「榕樹会例会」詠句集の中の一句。詠句集の序に「久しく沈滞の状態にありたる我榕樹会も復活の機運に会し七月三十日落平居に於て開会した。会するもの井外、落平、住吉子、高浪、瑞泉、南海の六名にて兼題清水に付き五句を互選した」とある。ユナは、ユウナ・オオハマボウ。頑なは、情趣を解さないこと、無風流。水面すれすれに咲いた花が一徹に見えた。（仲）

鍋《なび》まらぎ　やりばどぅ／鍋重《かさ》び　重びょうる
我《ばん》　なさまにば　生《ま》れて／夫《ぶどぅ》重びる　我《ばぬ》　あらぬ

石垣島平得・なさまにアヨー

『南島歌謡大成　八重山篇』所収。「鍋まらぎ」は、鍋を重ねて束ねたもの。「なさまに」は女性名。鍋束であるからこそ鍋を重ねもするのだ。私ナサマニは、女に生まれて夫を重ね持つような人間ではない。一人家を守っている女が、言い寄ってきた男に投げつけた言葉。儒教の「貞女二夫にまみえず」の教えの反映とみるか。それにしても身近なところから発想された比喩が生き生きとしている。（波）

渡《わた》て行《い》く浦《うら》の波《なみ》荒《あら》さあれば
いきやがなていきゆら恋《くい》の小舟《くぶに》

知花親雲上

『琉歌全集』所収。渡って行く浦の波が荒いので、私の乗った恋の小舟はどうなっていくのであろうか。破れ易い恋、常に不安な恋を、荒海を渡る小舟のはかなさにたとえている。「恋の小舟」は、不安におののく恋歌によく使われている。

○いきやがなて行きゆら果てやしら波に　ぬれてこぎ渡る恋の小舟
○忘ららぬあてど波荒さあても　漕ぎ渡て行きゆさ恋の小舟　（外）

忘《わすい》らてやりしちも朝夕《あさゆ》面影《うむかじ》の
立《た》ちまさりまさり目《み》の緒《をう》下《さ》がて

小禄按司朝恒

『琉歌全集』所収。恋人の面影は、忘れようとしても朝夕立ちまさるばかりで、目の前にちらつく。忘れようとしても忘れることのできない恋人の面影を、「目の緒」にとどめている恋の哀愁である。

「目の緒」は目尻。目頭とは違う形で涙の宿る所であり、琉歌語特有の表現である。「思切らんすれば無蔵が面影の　立ちまさりまさり目の緒下て」とも歌われている。（外）

聞《きこ》得《ゑ》大君《ぎみ》ぎや　十《と》嶽《たけ》勝《まさ》りよわちへ
見《み》れども飽《あ》かぬ　首里親《おや》国

『おもろさうし』一巻所収。首里王城を讃美するオモロ。霊力豊かな聞得大君がお祈りをすると、首里王城を守る十嶽は勝れ給い、見ても見飽きない立派な首里親国であることよ。十嶽は首里城内にある十の御嶽であるが、祭られている神々の素性は不明。本土の神社にみられる摂社や末社の神々の素性がわからなくなっているように素性や系譜がわからなくなっている。王国成立前の古い神々だからなのであろう。（外）

按司《あぢ》襲《おそ》いぎや親御船《おやおうね》　島見《しまみ》らば久米《くめ》あら
明日《あちゃ》わ那覇泊《なはどまり》　親御船《おやおうね》や　精《せ》の君《きみ》しよ知《し》り
ゆわめ
おぎやか思《も》いぎや親御船《おやおうね》

『おもろさうし』十三巻所収。国王様の親御船の航海です。島が見えたならば、きっと久米島のアーラ岳ですよ。そうなら明日はいよいよ那覇の港。尚真王様の親御船ですもの、きっと霊力豊かな神女が守護し給うことでありましょう。

唐からの帰航らしい。久米の島が見えたら明日はやっと那覇の港だと安堵し、神に感謝している。（外）

雨雲のはれゆく空を見わたせば
けらまのやまににじたちわたる

比嘉賀徳

大正二年六月三十日『沖縄毎日新聞』に掲載された「同風社」詠歌集「五月当座　虹」の中の一首。点者大口鯛二大人。当座は、歌会の席上で出される題。旧派は、題詠すなわち題を決め、それについて歌うことを競ったゆえ、相当の力量を要求されたといえる。「虹」は、好まれた題詠の一つであっただけに、平凡になりがちで、趣向よりもまず歌の姿、そして気品を大切にしたといえる。(仲)

山底竹《やまそこだけ》　いら愛《かな》しよ
風《かぜ》よ　そいど　靡《なび》けや居《を》りよ
我《ば》んの　ぶなりやや
びきりや　たどり　靡けや居りよ

宮古・トーガニ

『南島歌謡大成　宮古篇』所収。山底は山奥。ここでは、山の嶺が適当か。山底の竹は、ああ愛しの物よ。風に添うて靡いているよ。我が愛しの娘子は、男の俺を頼って、俺の気持のままに靡いているよ。山肌を駆け上っていく風。その風の足跡でもあるかの様に、白く葉裏を見せて靡き揺れる小竹の叢々。その光景と娘子を重ねて厭味がないのは、健康的でおおらかな心情が溢れているから。（波）

あけやうわが袖《すでぃ》や波下《なみしちゃ》の干瀬《ふぃし》か
かはく間《ま》やないさめぬれる心気《しんち》

平敷屋朝敏

『琉歌全集』所収。ああ、私の袖は波の下にある干瀬のようなものだ。かわく間もなく、濡れてばかりいるのが辛い。恋歌である。にもかかわらずこれが朝敏の歌だとなると、後の世の人たちは、政治に対する不満を託した悲憤の歌と解く。

「乱れ髪さばく世の中のさばき　引きがそこなたらあかもぬがぬ」とか「赤木赤虫が蝶なて飛ばば　平敷友寄の遺念ともれ」と詠んで、蔡温に反抗したのだから故なしとしない。（外）

天人は楽を奏しぬ花降りぬ
若きビスマの願ひの浄さに

らくこう

大正三年十月十五日『琉球新報』に掲載された「印度古詩まはばらだ物語を読みて（二）」七首の中の一首。「マハーバーラタ」はサンスクリットで書かれた古代インドの大叙事詩。無数のエピソードを包含しているがその中の一つ「一角仙人物語」は、『今昔物語』や『太平記』に採り入れられ、謡曲・歌舞伎等にもなっているという。らくこうの博識ぶりを遺憾なく示した一首である。（仲）

汀《なぎさ》涼し飛沫千丈岩を噛《か》む

水月

大正四年七月七日『琉球新報』に掲載された「大東島行雑吟」十二句の中の一句。詞書きに「大東西海岸風波高く上陸し得ず」と記されているが、大東島は、良港なく、少しの風波でも接岸不可能であった。サンゴ質の古い島で、海岸線には船の停泊地となるべき入江も見当たらないことが、ペリーの『日本遠征記』に見える。「飛沫千丈」は、決して誇張的表現などでなく、風が出ると、大波が岩を噛み飛沫が千丈に及んだ。（仲）

かねく蔓《かずら》ぬ　からまき清《ぎゅ》らさー
朝露《あさつゆ》に　濡《ぬ》りたる　清《きゅ》らさー
夕露《ゆうつゆ》に　濡りたる　清らさー

徳之島・くさながね

『南島歌謡大成　奄美篇』所収。ユタがマブイワカシ（魂分かし）の時に唱える、山に分け入り、呪具として用いられるアザハ、シジュクの枝葉を切るのを言うナガレの一節。カネク蔓が巻きついた様の美しさよ。その朝露に濡れた様の美しさよ。夕露に濡れた様の美しさよ。これが目指すアザハ、シジュクの木の姿であった。聖なる呪具の出自を讃えたものだが、叙景の句としても美しい。（波）

昔から　けさしから　あたる如《ぐとう》
御汁まし　たれすむ　くむすむ
押《を》し上げて　拝みやべす

首里・稲穂祭の時の火の神への三日オタカベ

『南島歌謡大成　沖縄篇』所収。稲穂祭りは結実し初めた稲穂を神前に捧げ、豊熟を祈るもの。「御汁まし」は、初穂を磨り潰し水を加えた供え物。「たれすむ・くむすむ」は、神酒の美称。昔から、神代から有ったように、御シルマシ、お神酒を捧げて拝みますのは……。豊かなる神々の時代。その神の時代を再現するもの、それは祭りであった。だから、祭りは昔と変わらない事を強調する。（波）

知《ちゑ》念《ねん》杜《もり》ぐすく
あまみきよが　宣《の》立《だ》て初《はぢ》めのぐすく
大《ぢゃ》国《くに》杜《もり》ぐすく

『おもろさうし』十九巻所収。知念杜ぐすくは、祖先神アマミキョが宣立て（祈り）をして初めて造り給うた偉大なぐすくであることよ。

知念杜ぐすくは古くから由緒あるぐすくであった。沖縄の国土創世神アマミキョは、北部の辺戸のアス杜、今帰仁のカナヒャブに天降りをしてあと、いっきに南部に天降りをするが、その最初の地が知念杜ぐすくである。海辺のティダウッカー、スクナ杜、斎場嶽などなど、海からあがってくる神とのつながりも深い。（外）

知念杜《ちゑねんもり》ぐすく　唐《たう》の船《ふね》　こゝら寄《よ》るぐすく
大国杜《ぢやくにもり》ぐすく

『おもろさうし』十九巻所収。知念杜ぐすくは、唐船がたくさん寄ってくるほどの偉大なぐすくであることよ。知念杜ぐすく賛美のオモロ。唐船はもちろん貿易船で、佐敷の馬天や知念、与那原の浜辺には唐船、和船などが往来して賑わっている。

「こゝら」は、たくさんの意の副詞。万葉集の東歌には「ここだ（幾許）愛しき」と出ているが、平安時代以後になると、「誰を待つ虫こゝら鳴くらむ」（古今集）のように、「こゝら」に変わってくる。（外）

舳《ぴぃ》はら　切《き》し走《ぱ》る潮《すう》や
干《す》瀬《に》波《なん》ぬ　折《ぶり》るにん
二《は》十《た》歳《ち》乙《めら》女《び》ぬ　笑《ばら》うにん　折《ぶり》な折《ぶり》居《ぶ》りば

八重山黒島・ぱいふたふんたかユングトゥ

『南島歌謡大成　八重山篇』所収。本歌は、嘉味田宗栄が『琉球文学序説』で絶賛した作品。黒島から宮古へガーラ玉を買いに航海するパイフタフンタカを主人公として、滑稽を軸に豊かな比喩表現で展開する。本句は黒島からの船出の部分。我が舟の舳先から切れて走っていく潮は、曾根の波が白く砕ける様に。はたちの娘子の笑う口元からこぼれる白い歯の様に白く折れ重なっていて……。南風を受けて快走する喜びに溢れた一句。（波）

ぬぎかへてだいんす忘《わすぃ》らぬものや
あかぬ花染《はなずみ》の袖《すでぃ》の名残《なぐり》

護得久朝常

『琉歌全集』所収。脱ぎ替えてさえ、忘れられないものは、美しい花染の袖の移り香である。

花染の着物は春の華やぎを映すもので、それを薄い夏物に着替えたのであろう。にもかかわらず、袖をかわした人の移り香が、「袖の名残」という語に匂っている。

「だいんす」は、「だにす」「だんじゅ」という副詞が、さえ、でもなどの意を表わす助詞に変ったもので、デンスィと発音する。（外）

のがすどく里《さとう》や恋《くい》に義理《じり》立てる
高《たか》さある木《き》垣《かち》つゆやふらね

尚徳王女

『琉歌全集』所収。どうしてあなたは恋に義理を立てますか。高い木の垣にだって露は降りますよ。

首里王城内に住む尚徳王女と花当役人（花園係）幸地里之子の悲恋物語の歌だと伝えられている。雨に濡れて花の手入れをしている里之子を見初めた王女が、手拭を投げ与えたことから二人は恋仲となる。でも、そのことが露見して里之子は処刑され、王女は城壁から落ちて死ぬ。二人の間にかわされた歌も数首ある。（外）

断腸の筐《こばこ》となりぬ句の扇子

如柳

大正三年七月三十日『琉球新報』に掲載された「故楽山大人追悼俳句」十八句の中の一句。楽山薬師吾吉が亡くなったのは七月十四日。二十四日に「楽山追悼句会」を開催する記事が出て、二十六日真教寺の本堂で「會交の新旧俳人十六名」が集まって読経・焼香・追悼句朗吟のあと、即題句作に入る。筐は、こばこと読み、「かたみ」かご。四角にあんだ竹かご。竹かごの中に残された句作が、腸をかきちぎるというのである。(仲)

あてぃ愛《かな》シ　嫁《ゆみ》やりば
どぅチ愛シ　嫁やいば／（中略）
う竈《かま》がみ　渡《ばた》置《ふー》かでぃ
三《み》盛《む》いがみ　渡しゅーかでぃ

宮古池間島・嫁とりアーグ

『南島歌謡大成　宮古篇』所収。「あてぃ・どぅチ」共に、とても、の意。「三《み》盛《む》い」は、火の神を象徴するウミチムン。とても愛しい嫁子であるから、とても大切な嫁子であるから、竈神まで渡して置こうと、御三つ物まで渡して置こうとよ。「中略」部には、屋敷までも譲っておこうという句がある。大和におけるシャモジ権は主婦の座の象徴であったが、沖縄ではそれは火の神の祭祀権であった。（波）

ことなく陽に痩《や》せし人のぬる室に
誰が肥くむかかなしき嗅ひ

與儀二郎

大正十五年五月三十日『沖縄タイムス』所載「タイムス歌壇」にとられた「光」六首の中の一首。與儀にはまた「木場裏の積木の上に乞食の蚤とる午前よ潮満ちて来る」等の歌があって、肥しをくみ出す臭いを歌ったり、蚤を取る乞食を歌った歌があったりで、一風かわった異色の歌人であったように思う。臭いにおいを、悲しいものと歌ったのであるが、その感じ方が、異色なのである。(仲)

大《だ》島《しま》押笠《おしかさ》が／鳴《と》響《よ》み居《よ》る上里杜《おゑざともり》　見《み》ちゃる
たきり押笠《おしかさ》が
にるや照《て》り揚《や》がり／かなや望月《もちづき》
此《こ》れる浦原《うらはる》／此《こ》れるあきみよ／鳴《と》響《よ》み居《よ》る
上里《おゑざと》

『おもろさうし』十九巻所収。大きな国の押笠神女が玉城の上里杜を見たからには、上里杜は名高く栄えていくことだ。ニルヤの太陽神、カナヤの月神も、この浦原、あき澪を守り給うことであろう。「見る」には、見ることで神との深い関わりをもつという呪的心性がある。「あきみよ」は、玉城村新原海岸の水路の名。方言ではアキヌーとよばれている。「みよ」は水路の澪である。（外）

佐《さ》敷《しき》意《い》地《ぢへ》気《き》按《あ》司《ぢ》
正《まさ》の意《い》地《ぢゑ》気《き》按《あ》司《ぢ》や
親《おや》撓《しな》て　島《しま》討《う》ち　勝《まさ》りよわちへ
佐《さ》敷《しき》大《ぢゃ》国《くに》按《あ》司《ぢ》

『おもろさうし』十九巻所収。佐敷の活気溢れた按司は、正しく勝れた按司である。まず祖先を敬い調和して、それから島々村々を平げ治め給うそのさまのなんと勝れ給うことよ。佐敷按司賛美のオモロ。「意地気」は、勝れた、活気溢れたなどの意の美称辞で、今の方言のイヂチーンにもつながりをもつ語。

「撓う」ことは治世者の平和思想の原点で、沖縄の按司や国王たちも「撓う」ことで世を治めている。（外）

悲し午睡にユウナ樹の花バサと落つ

春曙

大正三年七月三十日『琉球新報』に掲載された「故楽山大人追悼俳句」十八句の中の一句。楽山追悼のための俳句会に集まったのは片翼、夕紫郎、一癖、浩斉、半仙、無外、如柳、春山、琴舟、一〇、景雪、花山、江湖、鬼笑、落平、十六、春曙、煙波の十八名。記事は十六名集まったとあるが十八名の誤りか。或いは二名二句は寄稿か。ユウナの花の散る音に、句友の死を重ね、その死がいかに胸にこたえたかを歌った。（仲）

「買ふみそれ」と島の女は頭にのせて
ふれわたるなり真紅の花を

むらを

大正十五年八月三十一日『沖縄朝日新聞』所載「朝日歌壇」にとられた「折々草」七首の中の一首。「買ふみそれ」は、買って下さいの方言。女たちが、笊《ざる》等を頭の上に乗せ、その中に物を入れて売り歩いている様を歌ったものである。頭に品物を乗せて売り歩くことをカミアチネーといった。真紅の花は、何の花であったろうか。日用品でないだけに、カミアチネーが新鮮なものになった。（仲）

誰《た》がために咲《さ》きやが奥山《うくやま》のぼたん
人《ふぃいとぅ》の通《かゆ》はさぬ所《とぅくる》なかへ

詠み人しらず

『琉歌全集』所収。誰のために咲いたのか奥山のぼたん。人も通わない見る人もいない、こんな山奥に咲いていることよ。

ぼたんは、四、五月頃豊かにあでやかに咲く花ぶりをめでて、富貴の花とされている。王朝文化の華でもあり、工芸品の紋様にも盛んに使われている。美女の姿のたとえは、立てば芍薬、座れば牡丹……といわれる。歌劇「奥山の牡丹」は、悲恋物語としてあまりにも有名である。(外)

いかなせわ事《ぐとぅ》も飲《ぬ》めば忘《わすぃ》れゆり
酌《く》みかはす酒《さき》ど命《いぬち》さらめ

護得久朝常

『琉歌全集』所収。どんな心配事があっても飲めば忘れてしまう。語りあえる友と酌みかわす酒はまさに命である。

酒好きだった若山牧水は、「かんがへて飲みはじめたる一合の 二合の酒の夏のゆふぐれ」と詠んでいる。孤独な飲み方だったのであろう。

『万葉集』に出てくる酒の飲み方もいろいろである。……飲めぬ酒ゆえに、酒演歌だけを歌って、憂さをはらす人もいる。（外）

月《ついち》もいりさがてふける夜《ゆ》の空《すら》に
心《くくる》あて照《てぃ》らす庭《にわ》の蛍《ふたる》

詠み人しらず

『琉歌全集』所収。月も西に傾いて更けていく夜の空に、心あるもののように蛍が庭を照らしている。

昭和初年ごろは、那覇の街でも家家の軒端に蛍火が揺れたものである。涼を求め、クバオージ（蒲葵扇）を持って蛍を追う子供たちの姿は、夏の夜の風物詩であった。

でも、闇夜を彩る蛍だのに、琉歌ではあまり歌われていない。『万葉集』でも蛍の歌は一例だけ。和歌に飛ぶ蛍は平安時代以後となる。（外）

戻《むど》る道《みつ》中《なか》んなよ／又　降らん　雨《あみ》ぐりや／
わーら上《うい》ど　立つ
雨ぐりや　あらん／親《うえんま》母ぬ　目《み》の涙《なだ》どー

多良間島・多良間ションカニ

『南島歌謡大成　宮古篇』所収。「雨《あみ》ぐれ」の「ぐれ」は雨をいう語。オモロにも雨の対語で「くれ」がある。時雨《しぐれ》の語源は色々あるが「くれ」については琉球語で解けよう。「うえんま」は島を治めにきた役人の旅妻。あの方を見送っての戻り道、降りもしない雨ぐれが私の上に又も降りかかる。雨ぐれではないよ。親母の、私の目から零れる涙だよ。親んまー芝居、そして「花風」の世界である。（波）

美《きヨ》ら生《う》まれ女子《うなぐ》や　島ぬ為なゆみ
大和いしゅぎらが　為ど成ゆり

徳之島・田植え唄

『南島歌謡大成　奄美篇』所収。「大和いしゅぎら」は、大和のちょんまげ衆という。薩摩入り以後、奄美の島人の上に覆い被さって来た薩摩の役人、商人、船頭衆をいうのだろう。美しく生まれた娘子が島の為になるものか。大和の丁髷衆の為にしかならないものよ。これを島人の怨みの声と聞くか、それとも諦めの溜め息と聞くか。歌は、続けて「大和いすぎらが吾側寄るなりば／如何《いきア》ま無《ね》ん吾身《わみ》に莉《いんぎー》ぬ立《た》ちゅり」と歌う。（波）

たらちねの扇のかぜのたえぬれば
稚子はめざめてなくあつさかな

比嘉賀徳

大正二年八月七日『沖縄毎日新聞』に掲載された「同風社七月兼題苦熱」の中の一首。大口鯛二大人選。兼題は、歌会の前に、あらかじめ与えられた題。「寝ていても団扇の動く親ごころ」という一句もあるが、添い寝の母が寝てしまったのであろうか、団扇の風もなく幼子が暑さで泣き出したというのである。比嘉にはまた、昼の暑さを「くろがねもとく計なる」と歌った一首もあった。（仲）

夕《ゆ》間《まん》暮《ぐぃ》やかはてこころさあもの
忍《しぬ》でいまうれ互《たげ》に語《かた》て遊《あすぃ》ば

金武朝芳

『琉歌全集』所収。夕間暮は特に寂しいものです。人知れず忍んで来ませんか、語りあいましょう。

「ここてるさ」は、うら寂しい、やるせないの意。ほの暗くなっていく夕間暮は、誰しも人恋いしくなるのであろう、『源氏物語』にも「夕間暮の人のまよひに……」と出てくるし、琉歌でも「夕間暮とつれて立ちゆる面影に　あさましや我肝とれて行きゆさ」などなど、夕間暮の寂しさをかこつ歌は多い。（外）

降《ふ》る雨《あみ》にたよて笠《かさ》に顔《かを》隠《かく》ち
忍《しぬ》で行《い》く心《くくる》よそや知《し》らぬ

詠み人しらず

『琉歌全集』所収。降る雨を頼りにして笠で顔を隠し、忍び恋をする心は誰も知らないであろう。

顔を隠さなければならないような恋をすると、降る雨はまさに恵みの雨。笠に顔隠す風情は、忍び恋の一つの風物である。

降らば降れ無蔵が戻る道すがら　雨や顔隠すたよりだいもの

降るなら降るがよい。彼女が帰る道すがら、降る雨は顔を隠す頼りになるのだ……とも歌っている。（外）

夢《いみ》の間《ま》に忍《しぬ》ぶ手枕《てぃまくら》の匂《にをい》
おぞで後《あとう》までも袖《すでぃ》に残《ぬく》て

上江洲由具

『琉歌全集』所収。夢をみている間、忍んで恋人に逢い、手枕に香りを移したが、覚めて後までもその匂いが袖に残っているようだ。

『万葉集』でも、「愛《うつく》しき人のまきてししきたへの　わが手枕《たまくら》をまく人あらめや」（いとおしい人が枕にして寝たこの私の腕を枕にする人が、ほかにあろうか、あるはずがない）と歌っている。歌に歌われる手枕は、ほとんどは男女が共寝して相手を腕に枕させることをいう。

（外）

稲粟《いにあわ》の色や　二十歳頃宮童《みやらび》
粒清らさあてど　御初上げる

八重山・小浜節

『南島歌謡大成　八重山篇』所収。八重山民謡の中でも、素朴ながらも優美さを湛えた名曲が小浜節。白のカカンに黒地に赤い結び紐の付いたスディィナを着てゆったりと踊る舞踊も、神への敬虔な信仰がこめられていて美しい。見事に稔った稲粟の穂の色は、二十歳の乙女の色のよう。粒美しくございますので、このように御初を捧げるのです。稲粟の実りをいうのに、二十歳の乙女をもってきたところに比喩の新鮮さがある。(波)

鰹《かつお》とる舟のかずさへいやまして
栄え行くなり糸満の里

仲濱政模

大正二年十月十六日『沖縄毎日新聞』に掲載された「第十回琉歌大会（和歌）兼題　漁家」詠歌集の中の一首。「いや」は、彌をあて、いよいよ、ますますの意。糸満は、沖縄の漁業の発祥地で、本島沿岸はもとより、宮古、八重山まで出漁し、一見貧困にみえるが、その実富裕であると「上杉巡回日誌」に見える。大正三年には鰹漁が盛んになるというが、仲濱の歌は、その前の年のもの。（仲）

鍬《くわ》弾《はじ》く畑のこは張り炎天に

落平

大正四年八月十八日『琉球新報』所載「琉球俳壇」に発表された「榕樹会俳句」詠句集の中の一句。序に「八月八日榕樹会例会を高浪居に開く。会者住吉子、瑞泉、高浪、落平の四名にして課題花茨（薔薇）、炎天に付き五句を互選す」とある。日照り続きの畑は、石のようになって鍬さえたたないというのである。炎天下の農作業を歌ったものであるが、「こは張り」は、意地をはる意もあり、畑打つ人の必死さが重ねられた。（仲）

しぢゃ一《ちょ》間《ま》切《ぎり》の　作る作り物《もの》
穂実　正実　石実　金《かな》実　入召《め》しよわち
笑誇らち御たぼい召《め》しよわれ

中城・稲之大祭のオタカベ

『南島歌謡大成　沖縄篇』所収。「しぢゃ一」は普通、庶民・百姓・臣下の意で用いられるが、本来は神やモノに対する人の意であった。ここは後者。「間切《まぎり》」は、全て、全部の意。人間全部が作る作物に穂実・正実・石の様に、金の様に堅く結実した実を稔らせて、笑い慶ばせて下さいませ。穂実・正実・石実・金実と畳みかけた所に切実な祈りがある。「笑誇らち」の一句にウマチーの雰囲気がたち昇る。（波）

西表《いりむてぃ》の　祖納嵩上《すないだきうい》なか
昔世《んかしぃゆ》ば　神《かん》の世ば　給《たぼ》うられ

西表島・祖納岳節

『南島歌謡大成　八重山篇』所収。西表は西表島をいう場合と西表島西部の祖納・星立の二集落をまとめた大字をいう場合がある。ここは後者。祖納岳は祖納村のほぼ東に位置し、標高二九三メートル。西表の祖納岳の上に、昔世を、神の世を給りまして、が本句の意。昔世は薄暗い未開の世ではなく、神々が神として豊かに暮らしていた時代、即ち豊饒と生命に溢れていた時代であった。それゆえ、人々はそれを渇望し、歌う。（波）

三《み》つ物《もの》がなし御前と　御月御日《てだ》御神がなし
御肝《きもて》一つ成り召しよはちへ
御中一つ誇《ほこ》り召しよはちへ

座間味・六月に作物の為めのオタカベ

『南島歌謡大成　沖縄篇』所収。ウマチーの祝詞の中間部の詞句。「御三つ物」は、火の神のシンボルとして三個の石を鼎型に置くことから、火の神をいう。火の神様と御月・御太陽の神様と御肝一つになられまして、御心一つに御慶びなさいまして……。火の神は人間と神の間をつなぐ役割を担う。その火の神と月や太陽の神々が心を一つにして人間の農の営みを守って下さる様に、というのである。（波）

別《わか》れても無蔵《んぞ》がなさけ有明《ありあき》の
月《ついち》に面影《うむかじ》や照《てぃ》りよまさて

『琉歌全集』所収。別れて後も彼女の情は忘れられない。有明の月をみるたびに、あの面影が照りまさって思い出されることだ。

有明の月を共にした恋人たちの想いには、昔も今も、さまざまな哀歓が託されたことであろう。『古今集』も、「ありあけのつれなく見えし別れより　暁ばかりうきものはなし」（有明の月がつれなくみえたあの別れから後は、明け方ほどいやなものはありません）と歌っている。（外）

聞得大君《きこゑぎみ》が　おぼつせぢ降《お》るちへ
按司《あんじ》襲《おそ》いよ見守《みまぶ》て　君々《きみぎみ》やおぼつより帰《かへ》ら
鳴響《とよ》む精高子《せだかこ》が

『おもろさうし』二十二巻所収。聞得大君がオボツセヂ（天上の霊力）を降ろして、国王を守護し、君々はセヂを身につけてオボツから帰ろう。太陽神、祖先神のまします天上世界を『おもろさうし』は「おぼつかぐら」と記している。海の彼方にある「にるやかなや」に対応する神の在所であるが、『古事記』の伝える高天原（天上・太陽神の在所）に同じだと考えればわかりが早い。（外）

地天鳴《と》響《よ》む大主《ぬし》　清《ちう》らの花《はな》の咲《さ》い渡《わた》る見物《みもん》
天地《ち》鳴《と》響《よ》む大主《ぬし》

『おもろさうし』十三巻所収。天地に鳴り響く太陽よ。美しい花が咲き渡っていくさまの見事なことよ。

日の出の瞬間、東の海の光の渦巻きに、底鳴りのするようなどよもしを幻聴的に聞きながら、めくるめく思いで息を呑んでいるオモロ人たちの深い感動が伝わってくる。日出時の感動を「あがるいの　あけもどろたてば　とはしり　やはしり　おしあけわちへ　みもんきよらや」とも謡っている。（外）

北《にしぃ》ぴん渡《どぅ》　うはら渡ゆ　見《み》上《や》ぎりば
うり折《ぶ》りぬ　波《なん》折りぬ　美《かい》しゃるよ

小浜島・うむとぅ嶽アヨー

『南島歌謡大成　八重山篇』所収。種取り祭で歌われる、荘重な旋律の歌謡の第二・三節。島の北の海、上の方の海を見上げると、潮が折れ、波の折れ舞うさまが美しい、と歌う。第一節で、オモト岳・高頂に登って、と歌い出し、第四節でウシキの水・茶碗の中の水の様に穏やかであって下さい、と歌い収める。高所に登って、島の外海にたゆたう波の様を歌うのは、オモロ二一―八〇も同じである。単なる叙景の歌ではないだろう。（波）

あなあわれもちつき女の唄ふなり
百二十度の日に照らされて

新垣薫

大正三年八月四日『琉球新報』所載、草秋選「琉球歌壇」所収。「百二十度」は、水の氷点を三十二度、沸点を二百十二度とするカ氏温度の計り方を取り入れたものである。「もち」は餅か、漆喰か。ここでは後者、漆喰ととる。身を焦がすような暑さの中で、屋根瓦を塗る漆喰を作っている女たちが歌を歌っているというのである。漆喰作りの時の歌は「花の風車」が多く歌われたという。(仲)

おぎやかへと思《も》いや　おぎやか精継《しひつ》ぎや
百《もも》あぢの見《み》あぐも　てだ
首里杜ちよわる　おぎやか思《も》い加那志《がなし》

『おもろさうし』五巻所収。尚真王は多くのアヂたちが憧れる勝れた国王である。尚真王讃美のオモロ。アヂは「按司」という漢字が当てられ、アンジともいう。古く、アサ、アサイ、アチャ、アッチーなどと呼ばれた祖父、父、長老階層の人たちが社会的に成長して政治的支配者となり、その勝れぶりを尊称してアヂと呼んだようである。大や、てだ、世のぬしなどともに領主級の呼称。（外）

おぎやか思《も》いが　おこのみ
円覚寺《ゑんかくじ》　げらへて
祈《いの》りよれば　てだが誇《ほこ》りよわちゑ

『おもろさうし』五巻所収。尚真王の御計画で円覚寺を造って、祈り給うと、日神がお喜びになられた。「おぎやか思い」は第二尚氏三代目の国王尚真の尊称。尚真は一四九二年、父尚円の追善のため円覚寺を建立した。円覚寺は後に尚王統の菩提寺となる。尚真はさらに玉陵、円鑑池、歓会門、園比屋武御嶽、弁が嶽石垣石門などなどを建造し、首里城及び周辺の整備にけんめいであった。（外）

思《おも》ゆる女《ぶなりゃ》の　取《と》られだからよ
思ゆる愛《かな》しゃが　抱《だ》かれだからよ
死《す》ぬ時《ときゃ》がまんな
汝達《うばた》が門《ざう》や　さるがやまよ

宮古・トーガニ

『南島歌謡大成　宮古篇』所収。「取られだ」の「だ」は打ち消しで、取られないの意。「さる」はサラカチ（茨）。「やま」は灌木や草の生い茂った所。俺の思う女が手に入らないから、愛しく思う乙女を抱くことができないから、俺の死ぬその時にはお前達の門は茨の山よ。娘の家に恋の邪魔をする者があるのだろうか。それとも、もともと叶わぬ恋であったのだろうか。激しい恋情の吐露である。（波）

蒲葵島《こばしま》の神々《かみく》　おさん為《し》ちへ　守《まぶ》りよは
連《つ》れ島《しま》の神々《かみく》　おさん為《し》ちへ　守《まぶ》りよわ
那覇泊《なはどまり》　ぬき当《あ》てゝ　親泊《おやどまり》　ぬき当《あ》てゝ

『おもろさうし』十三巻所収。浦葵島の神々も鎮座して守り給え。連れ島の神々も鎮座して守り給え。那覇泊を目ざして走り行かん。親泊を目ざして走り行かん。省略した前文によると、選びぬいた船子たちの櫂さばきで、慶良間列島の連れ島を遠目に見ながら那覇泊をめざして走っている。国王の親御船の海外交易からの帰国の状景であろう。

（外）

前に　見ゆるは　ぴないさーら
海《うみ》にながゆる　たつかわや
ゆゆむ　変《か》わらぬ　うむしるよ

鳩間島・鳩間口説

『南島歌謡大成　八重山篇』所収。ピナイサーラは西表島の北北東部、西表船浦にある落差四十五メートルの滝。北岸道路からも白布を垂らした滝の姿がハッキリとみえる。前に見えるのはピナイサーラよ。海に流れる滝川の姿は、世々に変わらぬ見事なものよ、がその意。鳩間島とピナイサーラのつながりは信仰的なものにまでなっており、島にはピナイサーラの神を祀るピナイ御嶽がある。（波）

悠然と海から出たり夏の月

水月

大正四年七月七日『琉球新報』に掲載された「大東島行雑吟」十二句の中の一句。「大東島にて」の詞書きがある。大東島は、沖縄諸島の東部にある島々で、那覇から海路約四百キロに北大東島、その約十二キロに南大東島がある。明治三十年代に玉置半右衛門が開拓するまで無人島であったという。大正四年七月『琉球新報』は「大東島の開祖権蔵爺と語る」を連載。にわかに注目されるようになった。大海の小島に昇る月を愛でた一句。（仲）

八月《はちぐわち》　きょらぎん着《き》ち
いもろー　いもろー
こーろー　こーろー

奄美大島・童ユングトゥ　あかしょうびん

『南島歌謡大成　奄美篇』所収。童ユングトゥは、童子が遊びの中で身辺の自然や事象に対して投げ掛けた短い詩句。わらべ唄の原形でもあろう。これは、八月になると島を去っていくコーロー、すなわちクカル、コッカール（アカショウビン）に対して呼びかけたもの。コカルよ、コカルよ。八月になると綺麗な着物を着て行きましょう。行きましょう。ここで田中一村の描く孤愁漂うコカルを思い出す人もあるだろうか。（波）

首里《しょり》　おわる　てだこが　船遣《ふなや》れど　御貢《みかまい》
上下《かみしむ》の貢《かまへ》　積《つ》でみおやせ
ぐすくおわる　てだこが

『おもろさうし』十三巻所収。首里にまします国王の、御貢租のための船遣れなるぞ。上下からの貢物をいっぱい積んで国王に差し上げよ。

交易立国をした琉球王国にとって北に南に西に派遣した交易船のもたらす財宝への期待と願望ははかり知れないものがあったであろう。それらのすべては国王への貢物、献上品であり、交易に従事した那覇士族たちの限りない献身があった。（外）

甘藷の葉の葉裏をみせて柔かに
風流れけり夏日輝く

仲嶺玄石

大正五年八月二日『琉球新報』所載「琉球歌壇」に発表された「夏の野にて」四首の中の一首。夏日の真っ盛り、芋畑に風が吹いて、芋の葉が翻ったさまを歌ったもの。甘藷を歌った歌は、その多くが貧苦とかかわり、甘藷といえば貧しさを思わせるものになっているが、ここには、それがない。また夏日といえば、耐えがたい熱さが歌われたが、ここにはそれもない。豊かな夏日頌である。（仲）

あんやらば　おわやらば　鬼虎《とら》
我刀治金丸《ぢがねまる》　請見り
声掛けは　言とのいは遅《にふ》させ
鬼虎を　苧ふきだけ　倒《たう》すわ

宮古・同人（仲宗根豊見親）八重山入りの時アヤゴ

『南島歌謡大成　宮古篇』所収。仲宗根豊見親の鬼虎討伐を歌った史歌の末尾の一句で、豊見親と鬼虎の戦闘の場での問答と情景の描写からなる。そうであるなら、こうであるなら鬼虎よ、我が刀・治金丸を受けてみよ。声掛けは、物言いは遅しと、鬼虎を苧の茎を切り倒す様に易々と倒すと……。鬼虎討伐は一五二二年で、これで琉球王国の南辺が確定した。なお、治金丸は尚真王へ献上され、王家の宝刀となった。（波）

豆畑黄にかがやけば粟の穂も
静かにゆるゝ夏の伊江島

椅世麻而己

大正五年七月九日『琉球新報』所載「琉球歌壇」に発表された二首の中の一首。伊江島は、沖縄本島北部、本部半島北西方約五キロの東シナ海に位置する島で、城山（タッチュー）、歌劇「伊江島ハンドーグヮー」等で知られる島。夏の一風景を歌ったものであるが、河川が発達せず、泉水が少ない土地のせいもあったであろうが、大正期の伊江島は豆畑や粟畑が、広がっていたのである。（仲）

かたぶきゆるお月《ついち》しばし待《ま》ちめしやうれ
思《うむ》ひある無蔵《んぞ》が山路《やまじ》だいもの

小橋川筑登之

『琉歌全集』所収。傾いていくお月さま、しばらくお待ちください。いとしい彼女が暗い山路を行く途中なのですから……。恋心をしっかり抱きしめて山路を帰り行くであろう彼女へのひたぶるな思いやりである。かほどな純情には、傾きかけた月もしばし悩んだことであろう。『万葉集』では、男と女の心やりが逆になるが、「夕闇は路たづたづし月待ちて　いませわが背子その間にも見む」（四巻）と歌っている。（外）

のよでままならぬ無蔵《んぞ》が影《かじ》うつち
我肝《わちむ》あまがしゅが月《ついち》の鏡《かがみ》

仲尾次政昆

『琉歌全集』所収。どうしてままならぬ彼女の面影を写して私の心を悩ませるのだろうか、月の鏡は……。月夜には恋人のことが思われてならない。まして、ままならぬ彼女への思慕が高まると、月が鏡になって彼女を写し、切ない思いに耐えられないであろう。月を澄んだ鏡に見立てるのは『万葉集』以来の歌心で、『千載集』にも「山の端にますみの鏡掛けたりと　見ゆるは月の出づるなりけり」（四巻）と歌っている。（外）

馬車に船に甘蔗を運べるアッピーの
鼻息荒し盆前の市

イ坊

大正四年八月二十二日『琉球新報』に掲載された「是でも歌　？・」七首の中の一首。「アッピー」は、「兄、にいさん、若者、農村で用いる語。首里・那覇では士族についてはヤッチー、平民についてはアフィーという。いなかの若者。あんちゃん」（『沖縄語辞典』）とある。お盆には、霊前に甘蔗を供えるため、盆前になると、田舎から甘蔗が運ばれてきて、にわかに市が賑わった。（仲）

名護の浦夢二の絵に似る人を見て
胸さわぎする初秋の旅

静軒生

大正五年九月十七日『琉球新報』所載「琉球歌壇」に掲載された二首の中の一首。夢二は竹久夢二。明治末から大正にかけて活躍した画家・詩人。「その美人画は夢二式と呼ばれ、大いに流行。瞳が大きく、睫毛が長く、少女の繊細でものうげな叙情性を特徴」とし、代表作に「女十題」等がある。名護の旅先で、そういう女を見て胸さわぎがしたというのである。夢二は初秋に相応しい。（仲）

おす風《かじ》もすださでかやうおしつれて
あしやげ庭《な》に出《ん》ぢてかせよかけら

詠み人しらず

『琉歌全集』所収。そよ吹く風もさわやかで涼しい。さあいっしょにアサギ庭（離れ家の前庭）に出て、綛糸《かせ》をかけよう。

「おす風」に、わずかな秋の気配が感じられる。綛をかけるということには、「かせかけて伽やならぬものさらめ　くり返し返し思どまさる」などのように、綛かけ、布織りという手仕事の中に、恋人への思慕を重ねるというひそやかな女人のしあわせも託されている。（外）

思《うむ》ひ身《み》にあまて言《い》ちや尽《ついく》さらぬ
あはれくちなしの花《はな》に向《ん》かて

宜野湾王子朝祥

『琉歌全集』所収。くちなしの花のように純白な乙女子に向かい、胸の思いを伝えたいのに、言いつくすことができない。いとけない乙女に思いを寄せた初老の男の恋であろうか。六弁の花を開くくちなしが多いが、八重咲きの西洋種は色が純白で芳香も高く、ふっくらとした蕾の風情もよい。梅雨時に匂い立つくちなしは夏の花である。「くちなしの花ふくらみし下に来て　今日言ふ言葉いひためし居り」（仰日）。（外）

かなしくも秋はきにけりトンビヤンの
女のきものいまは見られれじ

秋岡操

大正元年十月十三日『琉球新報』に掲載された「かなしくも」四首の中の一首。トンビヤン（桐板）は、「沖縄織物の素材の一つ。中国福州産の輸入糸、それで織った布。硬質だがさらっとした肌触りで、夏物に適した」という。秋になって、薄物を着た女の姿もみられなくなったというのである。秋のものがなしさを歌った歌は多いが、それを、女の着物の変化でとらえた一首である。（仲）

風《かじ》ままにめぐる風車《かざぐるま》心《ぐくる》
わがままになさな里《さとう》がお肝《じむ》

よしや

『琉歌全集』所収。風の吹くままに風車は回っている。あの方のお心も私の心のままにしたいものだ。

遊女よしやの純愛の歌だと伝えられている。首里の貴族仲里按司との悲恋のゆえに、よしやは「たのむ夜やふけておとづれもないらぬ一人山の端の月に向かて」「自由ならぬ恋路浮世小車の　めぐて来る間の待ちのくりしや」とも歌っている。幸薄き人生と、ままならぬ恋に胸を焦がしたよしやの純愛は切ない。（外）

土に生れ土に死ぬ人秋暑し

麦門冬

大正元年十月二十日『沖縄毎日新聞』に掲載された「秋興」六句の中の一句。河東碧梧桐が沖縄に来たのが明治四十三年五月。沖縄の俳人二十名ばかりが小湾で碧梧桐を囲み句会を開いた。碧梧桐は「なかなかの新調がある」と「続三千里」の中で書いているが、その新調をよくしたのが麦門冬等である。煙波は、麦門冬が碧梧桐に賞賛されたことを記しているがその時の事であろう。秋暑しは残暑。「新調」溢れた一句である。（仲）

月《つぃきぃ》ぬかいしゃや　十《とぅ》日《か》三日《みぃーか》月《つぃきぃ》
乙女《みやらび》かいしゃや　十七《とぅーなな》つぃ頃《ぐる》

八重山・トゥバラーマ

『とぅばらーま歌集』所収。トゥバラーマの代表的な歌詞の一つ。月の美しいのは十三夜の月。乙女の美しいのは十七の頃よ。自然と人事を並べたごく素朴な詩ながら、長く歌い継がれてきた。満ち満ちた月よりも、これから盛りを迎える月を愛でる心には、人生の峠を越えた者の感慨がある。その人々の、けがれ無くただ命の輝きのままに生きている十七の乙女に対する賛辞。それは自らの青春への哀惜の念でもあるか。（波）

うちちゅうめー　たいたいたい
来年《やーん》ぬ今頃《くにや》　大餅《うふむち》　やとぅ餅　うたびみそーり
うちちゅーめー　たいたいたい

首里・わらべ歌

『日本民謡大観　奄美・沖縄』（沖縄諸島篇）（一九九一刊）所収。「うちちゅうめー」はお月様。「たい」は女性が目上の人に呼び掛ける時に使う語、もし。もしもし、ねー、お月様。来年の今夜には大きな餅、でっかい餅を下さいね。ねー、お月様、もしもし。月が人間に餅を与えるという話は、アダムとイブの物語にも似た、沖縄の始まりを語る古宇利島を舞台とした神話が有名。（波）

思《うむ》ひある宿《やどぅ》も自由《じゆ》に取《とぅ》て行《い》きゆり
のよでこがれゆが闇《やみ》の蛍《ふたる》

義村王子

『琉歌全集』所収。思うまま自由に宿を取っているのに、なぜ胸を焦がして燃えているのか闇夜の蛍よ。

思う女の所に自由に宿れないわが身に比べて蛍が羨ましい。闇夜に光る蛍を、燃える思いに「胸を焦がした」ものと見立てたのであろう。『古今集』に「夕されば蛍よりけに燃ゆれども　光見ねばや人のつれなき」と、『後拾遺集』では「音もせで思ひに燃ゆる蛍こそ　鳴く虫よりもあはれなりけれ」と歌っている。（外）

このつらさ見《み》やがな捨《すぃ》てて行《い》かれゆめ　たとひ朝顔《あさがを》の花《はな》と言《い》ちも

詠み人しらず

『琉歌全集』所収。このつらさに悩む私をみながらあなたは捨てて行かれるのですか、たとえ朝顔の花のようにはかなく盛りをすぎたとはいっても。朝顔は朝咲き夕方にはしぼむので、はかなさのたとえにする。まさに「槿花一朝の栄」である。

はかなさのたとえに、『源氏物語』では「秋果てて霧の籬に結ぼほれあるかなきかにうつる朝顔」と歌い、琉歌では、はかない人生を「行き暮れる年に無蔵よ先立てて　朝顔の浮世一人くらち」と歌っている。

（外）

つれなさや思《うむ》ひ身《み》にあまてをれば
さやか照《てぃ》る月《ついち》ちもなだにくもて

高宮城親雲上

『琉歌全集』所収。情なく思うことが身にあまるほどあるので、明るく照り輝くお月さまも涙に曇って見えない。「つれなさ」は情ないの意で、日本古語の「つれなし」と同根。語源は「連れ無し」（つながりが無い）である。

組踊「花売の縁」の主人公森川之子が、妻子を首里において都落ちをし、山原の地に侘び住居をすることになるが、花売りにまで身をやつした不運を月に託してよんだ歌。（外）

指の先に秋ぞ匂ほへる香をなつかしみ青き九年母われむきてあり

青玗

明治四十三年十月二十八日『沖縄毎日新聞』に発表された「九年母の花」の中の一首。九年母は、インドシナ原産の、みかん科の常緑低木。実はかおりがよく甘みがある。皮も食べられるとある。九年母の名は実生から九年たって実がつくことから出たといわれるが、その香りの新鮮さが愛された。風の音で知る秋は広く親しまれているが、それを指先に残る香りで知ったというのが懐かしい。(仲)

石嶺《いシんみ》ぬあこーぎや　根《にー》下《う》り居《う》イ
石《いシ》抱《だ》きどぅ　土《んた》　抱きどぅ　根下り居イ
我《ば》ん女《ぶなりや》　夫《ぶとう》抱きどぅ　根　下り居イ

宮古・石嶺のあこー

『南島歌謡大成　宮古篇』所収。宮古人の心根を歌った有名なアーグの一節。石嶺のアコー木（ウスク）は大地に根を下ろし、石を抱き、土を抱いているよ。この私は、愛しい夫を抱いてこの土地に根を下ろしているのです、がその意。出世し迫ってきた役人に、女は、大岩を抱き大地に根をはるアコーと我身を譬え、拒絶の意を表したのである。力強さと夫婦の情愛の深さのしみでた一句。（波）

思《うむ》ひつくさらぬ照《てぃ》る月《ついち》に向《ん》かて
つめて待《ま》ちかねるとりの初《はつい》声《ぐぃ》

豊見城親雲上

『琉歌全集』所収。美しく照る月に向かって、いろいろな思いが尽きず苦しい。早く夜が明けてほしいと切に鶏の声が待たれる。

人を恋い、月に思慕を託しただろうに、心をさいなむばかりで、とうとう夜を明かしたらしい。同じ鶏声でも、「しばし手枕にとりも鳴きすみて　悲しさやあれに思ひ残ち」とか、『万葉集』の「遠妻と手枕交へてさ寝る夜は　鶏が音な鳴き明けば明けぬとも」とでは趣が異なる。（外）

別れきてものの寂しさに取り上げる
煙管《きせる》の吸口すこし冷たし

よしはる生

大正二年十月二十三日『沖縄毎日新聞』に掲載された「かすかな怨」三十二首の中の一首。「煙管」は、ポルトガル人がもたらしたもの。きざみ煙草を吸うためのもので、煙草を詰める雁首と吸い口、およびそれをつなぐ羅宇からなる。吸い口の冷たさに、女の冷たさを重ねた。女の用いている図は、粋に見えるが、男は図にならないのも、「もの寂しさ」が、漂ってしまうからであろうか。(仲)

思《うむ》て自由《じゆ》ならぬ人《ふぃとぅ》の面影《うむかじ》の
のけてのけららぬ肝《ちむ》にすがて

花城里之子

『琉歌全集』所収。いくら思ってもどうにもならない人の面影が、払いのけようとしてものけられず心にすがってくる。「思ひ焦がれても自由なゆめやすが　いきやしがな朝夕拝みぼしやの」（小禄按司朝恒）とも歌われている。二首ともに恋してはならない人妻への思慕なのだろうか。『万葉集』でも「うち日さす宮道《みやぢ》に逢ひし人妻ゆゑに玉の緒の思ひ乱れて寝る夜しぞ多き」などと、人妻を恋うて苦しんでいる。（外）

ほねぐみのほそき妻なりあかつきの
冷ゆるがなかにそと抱きけり

阿佐野広

一九五一年二月一日発行『月刊タイムス』第二十五号収載「極月」六首の中の一首。原民喜は、若い妻の顔を眺めているうちに、不意と彼女に死なれてしまうのではないかという気がして「もし妻と死別れたら、一年間だけ生き残らう、悲しい美しい一冊の詩集を書き残すために」と「遙かな旅」で書いていた。そしてそれはその通りになるが、この歌は別の形での妻を思う美しい歌である。（仲）

うー尊《とーどう》　今日《きゆ》ぬ日《ぴぃー》　良《ゆ》かる日に　大年《うーとぅしぃ》　新《みー》
年《とぅしぃ》　迎《んか》い　下《くだ》り来《ち》ゃーびる　真世《まーゆん》がなしぃで
かん　飾《かざ》るびん　尊

石垣島川平・まやぬ神の神口

『南島歌謡大成　八重山篇』所収。マユンガナシィは川平の節祭りに豊饒の国から訪れる草装の神。村の家々を巡り、神の言葉（神口《カンフチィ》）を授けていく。その冒頭の一句。おー尊、今日の良き日に、豊饒の年、新年を迎え、常世の国から下ってきた真世の神が、神の言葉を述べましょう、尊。以下、五穀の豊穣と子孫の繁栄等をもたらした事を滔々と述べる、日本の文学上稀有な神語作品。（波）

節《しつぃ》や立《た》ち変《かわ》て秋《あち》とてやり言《い》ゆすが
夏《なつぃ》よりもまさる昼《ふぃる》の暑《あつぃ》さ

小禄按司朝恒

『琉歌全集』所収。季節は変わって秋だというのに、昼の暑さは夏よりも暑いくらいだ。沖縄では残暑の厳しいことを「別れ暑さ」という。耳遠くなった言葉だが、うだるような暑さに耐えながら、暑さに別れる日の近いことを願う気持が伝わる。「別れ暑さ」を、「節や立ち変て秋になてをすが　朝夕はなさらぬ玉の団扇」「夏もはりすぎて秋になてをすが　手に馴れし扇や放しぐれしや」などとも歌って耐えている。（外）

秋風は早吹きめぐりひや〳〵と
われの義歯に沁みてゆくかも

島袋源昌

大正四年一月二十日『琉球新報』に掲載された「此の頃」五首の中の一首。「義歯」は入れ歯。悪くなった歯の代わりに人工の歯を入れることであるが、肌寒くなってきたら、そこがしみたというのである。秋の風を感じる感じ方は、古来さまざまにあるし、また「もののあはれは秋こそまされ」という古言もあるが、「義歯」でもって、秋の情を歌ったところに目を引かれる歌である。（仲）

わが魂のあへぎ泣くごとうすじろく
蘇鉄《そてつ》の花の散れる夕暮

きぐれ

大正五年八月二十日『琉球新報』の投稿欄「読者倶楽部」に見られる四首の中の一首。あえぎは、激しい息づかいをすること。ごとは、ように、ごとくの意と、のたびに、のたびにいつもの意がある。ここでは前者ととる。蘇鉄は、「夏、葉の中央から薄黄色の花穂が出」るとあるが、それが、あたかも魂が慟哭する如く散っているというのである。蘇鉄やその実は歌われるが、花は少ない。（仲）

なかどう道《みちぃ》から　七回《ななけーら》通《か》ゆるけ
仲筋《なかすじぃ》かぬしゃーま　相談ぬ　ならぬ

八重山・トゥバラーマ

『南島歌謡大成　八重山篇』所収。叙情歌トゥバラーマの代表的歌詞の一つで、実らぬ片恋を歌ったもの。「なかどう道《みちぃ》」は石垣市の市街から東の平得村に通ずる道路。「かぬしゃーま」は本来、愛しい人をいう。ナカドー道から幾度も通っているというのに、仲筋の愛しい乙女は話さえもしてくれない、というのがその意。ただこれだけの歌詞であるが、トゥバラーマの旋律にのせられると、哀切の思い溢れるものと聞こえてくる。（波）

まちまちし秋の今宵のもち月の
光はわきてさやけかり梟

岸本賀雅

大正三年十一月八日『琉球新報』に掲載された「同風社九月当座満月」詠歌集の中の一首。大口鯛二大人選。同風社詠歌集は、『琉球新報』だけでなく『沖縄毎日新聞』にも発表された。「もち月」は、陰暦十五夜の月。満月。十五夜というと、とくに八月十五夜の月をさすこともある。満月をめでた一首。「光はわきて」は、常套句とでもいえるが、秋の月を待ち兼ねた心に響き合う。（仲）

松《まつぃ》に吹《ふ》く風《かじ》も草《くさ》におく露《つぃゆ》も
思《うむ》ひ身《み》にしみる秋《あち》になたさ

渡嘉敷通昆

『琉歌全集』所収。松に吹く風も草におりる露も、いろいろな思いが身にしみる秋になったことよ。

松籟を聞き、草の葉末に光る露をみてほっとしている。秋の涼しさがよほど待ち遠しかったのであろう。

○夏と秋と行きかふ空の通ひ路は　かたへ涼しき風や吹くらむ
○秋来ぬと目にはさやかに見えねども　風の音にぞ驚かれぬる
と詠んだ『古今集』の歌も、残暑に秋風を恋う歌である。（外）

山さねの節《ふしぃ》たけ　節堅《かた》さ　おふり見《み》り
とと虫の足たき　足堅さ　おふり見り

八重山・古見の浦節

『南島歌謡大成　八重山篇』所収。ヤマサネは山野に自生する植物で、ヤマアダン。トドムシはヤマヤスデという。繊毛に似た沢山の足をせわしなく動かして歩くムカデの様な虫。雨降りの後などに沢山見られた。ヤマアダンの節が短く、つまっているように間を置かずしばしばおいで下さい。ヤマヤスデの足のように足しげくお通い下さい、がその意。島を出ていく旅の男（役人）にかけられた、島人の心からの言葉である。（波）

さかな召せ大根めせと女らが頭へのせて物うりあるく

遠藤子浪

明治四十四年十二月十日『琉球新報』に掲載された「南の島」の中の一首。「さかな召せ大根めせ」は、魚を買って頂戴大根を買って頂戴の意。沖縄の女たちは、家計を維持するため頭に物を乗せて町や村を売り歩いた。その恰好を異習として見たものも、イユコーンソーレーの呼び声に旅情を感じたものも多い。「南の島」には、「髷ゆいて天神髯の凛々しきが日傘をさして大路ねりゆく」等の歌も見られる。（仲）

名《な》に立ちゆる今宵《くゆい》一人《ふぃちゅい》をられゆめ
いまうちわが宿《やどぅ》に月見《ついちみ》しやれ

金武朝芳

『琉歌全集』所収。仲秋の名月の今宵は、一人で居られるものではありません。私の家にいらっしゃって共に月見をしてください。照り渡る八月十五夜に語りあえる人を求めている男の孤愁が漂う。「名に立ちゆる今宵」は、仲秋の名月をいう慣用句としてさかんに使われており、十首近くもみられる。

名に立ちゆる今宵《きゆ》やいつよりもまさて　すみて照り渡る十五夜お月

等々である。(外)

月《つぃち》や月月《つぃちづぃち》に照《てぃ》る月《つぃち》どやすが
いつよりもまさる秋《あち》の今宵《くゆい》

渡久山政規

『琉歌全集』所収。月は毎月同じように照る月であるが、いつよりもまさる秋の今宵の月である。

江戸時代の随筆『夏山雑談』(一七四二)に、「月月に月見る月は多けれど　月見る月はこの月の月」という歌がみられるが、発想が似ている。和歌に学んだのであろうか。

名月をほめていう語に「つきこよひ(月今宵)」という語が短歌にある。琉歌では「名に立ちゆる今宵」が多く使われている。(外)

花野原身を売る人の通り計季

如風

大正二年九月二十二日『沖縄毎日新聞』に掲載された「如風会俳句」二十句の中の一句。麓一癖君選。如風会のメンバーは、如風の他一瓢、一〇、東国、灌水、雌堂、半狂。ほぼ「波上月並会」のメンバーと重なり、波上宮で句会を開いている。花の咲き乱れている美しい野原の道を、遊廓に売られる女が通って行くというのである。人の世に、「花の身」として生きなければならない人の哀れさがいよいよ浮き立った一句。（仲）

てんしやごの花《はな》や爪先《ついみさち》に染《す》めて
親《うや》の寄《ゆ》せ言《ぐとう》や肝《ちむ》に染《す》めれ

詠み人しらず

『琉歌全集』所収。鳳仙花の花は爪先に染めて、親のさとし言は心に染めなさい。教訓歌なのだが優しくもの悲しい歌の旋律が心にしみる。晩夏、鳳仙花の紅い花を爪に滲ませて遊ぶ風習は、日本本土や朝鮮半島でもみられる。古典では『枕草子』にみられ、ツマクレナイ（爪紅）、ツマベニ（爪紅）とも。「てんしやご」は九州方言の「飛びしやご」の転訛。朝鮮半島で歌われる「鳳仙花」の歌は、優しく哀切である。（外）

眺《なが》めてもあかぬ澄《す》みて照《てぃ》り渡《わた》る
月影《つちかじ》になびく野辺《ぬび》のすすき

山城宗蔭

『琉歌全集』所収。照り渡る月影に靡《たなび》いている野辺のすすきは情趣が深く、眺めても眺めても飽きない。すすきは秋の七草、尾花ともいう。秋の陽ざしを受けて銀色に光っているすすき、月影に靡いている白いすすき、いずれも秋の景色である。斎藤茂吉は「たまくしげ箱根の山に夜もすがら　薄をてらす月のさやけさ」と歌い、琉歌では、「月影にだいんす思ひ増す我身に　のがす花すすき招き呉ゆが」とも歌っている。（外）

照《てぃ》る月《つぃち》のかげに色《いる》やます鏡《かがみ》
みがかれて咲《さ》きゆる菊《ちく》のきよらさ

神村親雲上

『琉歌全集』所収。照る月の光にみがかれて、菊の花の色はますます深みを増している。その美しさよ。

菊は四君子の一つで隠君子ともいわれている。四君子とは蘭、竹、梅、菊をいい、高潔な感じが君子を思わせるからだという。

中国から平安時代に渡来したもので、『万葉集』では菊を歌ったものがない。『古今集』では、「色変る秋の菊をば一年に　ふたたびにほふ花とこそ見れ」と詠じている。（外）

丑松に比せられし夜の物語
かの物語わすれかねつも

磯の人

明治四十三年十一月十五日『沖縄毎日新聞』に発表された「即興詩」の中の一首。藤村の『破戒』が出たのが明治三十九年。その物語を身につまされて読んだものたちの中に、沖縄の人たちもいた。比嘉春潮は『大洋子の日録』（明治四十三年九月七日）で「誰か起ちて〈吾は琉球人なり〉と呼号するものなきか」と書いていたが、それは丑松に破戒をうながした猪子の言葉に倣ったものであった。（仲）

亥《び》の方《ぱ》かりうしや　吹《ふ》き出《で》きすそや
波《なむ》が花《ぱな》　み潮《そ》が頂《つづう》ど　飛《と》ばし居《う》い

宮古・池間まーづみが

『南島歌謡大成　宮古篇』所収。池間島の豊かな家に美しく生まれたマーヅメガが恋人を対岸の伊良部に遣ってから後の出来事を歌う歌の一節。「亥の方」は北北西の方角。「かりうし」は嘉例吉で、転じて航海安全の順風。北北西の追手の風が吹き出してきて、波の花、波頭に白い飛沫を飛ばしているよ、がその意。歌は、伊良部に渡った男は池間に戻れなく、と展開する。波頭に立つしぶきを波の花とみるのはオモロ以来の美意識。（波）

芋畑に夕日あびつゝ草をとる
少女の髪に秋風の吹く

星影

大正五年十一月八日『琉球新報』所載「琉球歌壇」にとられた三首の中の一首。夕日を浴びながら、芋畑の草を取っている少女の髪を、秋の風が吹き返しているというのである。爽やかな歌ととるか、寂しげな歌ととるか。好みの問題だといってしまうと身も蓋もないが、芋畑は、習性というものだろうか、爽やかさを閉ざしてしまう。花畑ならどうだろうか。だと、違うような気もする。（仲）

「アメリカー」と子らの言いしが悲しけれ
混血童女はうつむきにけり

照屋寛ゆう

一九五四年十一月二十八日『沖縄日報』に掲載された「九年母―十一月集」の中の一首。「全国の基地面積の五三%、米軍兵員の三分の二の約三万五千人が駐留している沖縄の混血児は、三千人とも三千五百人ともいわれる。今でも国際結婚の届出数は年間約四百五十組。離婚数は百五十組で、毎年百人の混血児が生まれ続けている」と北沢杏子は、八一年復帰十年後の沖縄報告をしていた。(仲)

灰色の石にきざめる唐獅子に
秋の夕日の寂しくかゝる

波笛生

大正三年十一月二十日『沖縄毎日新聞』に掲載された「自然を趁ふて（一）」十四首の中の一首。唐獅子は、魔除の獅子像。十五世紀ごろ中国からもたらされ、寺社の門前、城門、貴族の墓陵、村落の入口等に据えられ、一般に浸透して、屋根に上るのが普及するのは明治以降瓦葺きが盛んになってからであるという。波笛のは石に刻んだ唐獅子。うらさびれた景物に自らの心緒を重ねた一首。（仲）

昔《んかし》覚《うび》出《じゃ》しやりながめればやがて
涙《なだ》に月《つぃち》かげや曇《くむ》て見《み》らぬ

『琉歌全集』所収。昔のことを思い出して月を眺めていると、涙に月も雲って見ることもできない。

昔を偲んで眺める月には万感の思いが託される。親しかった人と共に見た月を眺めて思い出をよみがえらせようとしたのだろうが、つらい月見になってしまった。

柿本人麻呂は「去年見てし秋の月夜は照らせども　相見し妹はいや年さかる」（万葉集）と歌い、月に亡き妻への思慕と悲傷を託している。

（外）

蝸牛《ちんなん》　蝸牛《ちんなん》　角《ちぬ》　みーれ
雨《あみ》ぬ　降《ふ》りばる　角　みーる

座間味村・わらべ歌

『日本民謡大観　奄美・沖縄』（沖縄諸島篇）（一九九一年刊）所収。蝸牛は、チンナン、チィダミなどと称されるが、これらのチン、チィなどは角にかかわるか。よく知られた「でんでんむし」の歌にも「角出せ、槍出せ」と歌われるから、頭についた伸縮自在の触覚・目に面白味を感じたのだろう。デンデン虫の名は「出よ出よ」に由来するとか。蝸牛よ、蝸牛、角を生やせよ。蝸牛の角は雨が降ると生えるんだよ、がその意。（波）

深山《みやま》蜘蛛《くむ》　苧本《ぶーむとう》　無《ね》ん　蜘蛛ざぎどぅ
大目《うふみ》網《あん》　八十目《やつみ》網《あん》　くぬみーき
うき網《あん》し　立《た》てぃ網《あん》し　待ちゃー居《ぶ》り

竹富島・深山《みやま》蜘蛛《くむ》ユングトゥ

『南島歌謡大成　八重山篇』所収。教訓的内容をうたったユングトゥの冒頭部。深山蜘蛛は山奥に巣を張っている蜘蛛。「うき網」は、浮き網か。麻の茎一本も持たずに山奥に住む蜘蛛でさえ、大目網、八十目網を作って張り立てて、立て網を作って獲物を待っている、がその意。以下に、自分もその蜘蛛に倣って手を伸ばし、足を張って働いたので美しい娘を得てゆるっとしているよ、と歌う。（波）

ねやの灯火《とうむしび》やあがたおしのけれ
やがてぬきやがゆる十五夜《じゅぐや》お月《ついち》

護得久朝惟

『琉歌全集』所収。ねやの灯火はあちらに押しのけなさい。間もなく十五夜のお月さまが出てきますよ。

ねやで共寝をしている女人もいるのであろうか。灯火を消さない心遣いに人の気配が感じられる。

いずれにせよ風流な月見である。沖縄の詩人池宮城積宝は、台風で瓦が飛び穴のあいた屋根を月見もできるせっかくの穴だといってそのままにしていたという。戦後の石川市をさすらっていた粋人積宝が懐かしい。（外）

落し水田口に朝の月白き

一九

大正四年十一月三日『琉球新報』所載「如風会例会成績」二十句の中の一句。「落し水」は、秋の季語で、稲の穂がたれはじめるころになると水を必要としなくなるので、田の畦を切って水を落す。田の水を落すのは、稲刈のおおよそ一カ月ぐらい前であるという。「田口」は、水の落とし口のことか。朝早くから田の水を落しているというのである。田に水をいれるのも落とすのも闘争になりがちで、一刻を争う仕事だった。（仲）

遠く見る本部境の山々に
夕日うするゝ秋の暮かな

曙のみね

大正五年十一月二十二日『琉球新報』所載「琉球歌壇」に取られた二首の中の一首。本部境は、本部半島。本島北部、東シナ海に突出する半島で名護、本部、今帰仁にまたがり、八重岳、嘉津宇岳、安和岳の南の連山と乙羽岳を主体とする北の山塊が連なる。許田あたりから見るか、それとも塩屋あたりから見るかでその風光は異なるが、薄れゆく秋日に浮く連山は、ひとしお、人の心を引いた。(仲)

血の雨も降らせて水を落しけり

詩樓

大正四年十一月三日『琉球新報』所載「如風会例会成績」二十句の中の一句。稲刈りが近くなると田圃の水を落とす仕事が始まる。その時、河川沿いや用水路に接しているのはいいが、そうでない田圃の場合、どの田から水を落とし始めるかで大きな問題になった。取決めを守らないために、時には相手を傷つけるほどの喧嘩になった。「血の雨も降らせて」というのは、それだが、収穫は生き死にに関わるもので深刻だった。（仲）

紅葉せぬうるまの島の島人も
くれゆく秋ををしむなりけり

長野祐之

大正元年十月二十五日『沖縄毎日新聞』に掲載された「松尾山歌会暮秋」詠歌集の中の一首。鎌田正夫大人選。『万葉集』第一巻、額田王の春と秋を比べた歌で、秋をよしとしたのは、紅葉あるがゆえであるとした歌をあげ、吉田光邦は「紅葉は、古くから日本の秋を象徴するものであった」と指摘していた。沖縄は、全山を染める紅葉をみないが、暮秋を惜しむ情はあるというのである。(仲)

春までを松に頼みて山眠る

灌水

大正二年十一月四日『沖縄毎日新聞』に掲載された「如風会即吟題葱・山眠」詠句集の中の一句。即吟は、句会の場で題を出されて、その場ですぐにその題で吟詠すること。山眠るは冬の季語。飯田龍太によると、『臥遊録』の「冬山惨淡として眠るが如し」によるという。木々に新芽が吹き出すと、山は息づいたように見えるが、その間、松に任せて山も眠っているというのである。常磐なる松の緑を讃歌した句とも読める。(仲)

野《ぬ》底頂《すくちぢ》に　生《む》いたる　一本《ぴとぅむとぅ》くばぬ
舟ぬ胴　取《とぅ》らりとぅむよー
夫婦《みうとぅ》ヌキ　愛《かぬ》サヌキ　ナラヌヨー

八重山・野底浜ユンタ

『南島歌謡大成　八重山篇』所収。野底は石垣島の北西部に立地する村。古い村は明治三十八年廃村となったが、戦後沖縄・宮古からの開拓移民によって再興された。野底頂に生えた一本クバが船の胴材に伐られてもよ、夫婦別れ、愛しい人と別れることは出来ないよ、がその意。クバが船材となることは聞かない。万に一つそれがあっても、愛しい者と別れることは出来ない、というのである。（波）

乙女《みやァらび》狂《ぶ》れや　一《ぴと》ぱなさいかよ
海《いむ》狂《ぼ》り小《がま》や　命《むのつ》がはだよ
海狂り　さまりな　浜《ぱま》狂《ぼ》り　さまりな　愛《かな》し
親よ

宮古・トーガニ

『南島歌謡大成　宮古篇』所収。女狂いは一時のものです。だけれど海狂いは命のある間続くもの。どうぞ、海狂いはなさいますな、浜狂いだけはしてくださいますな、私の大切な貴方よ、がその意。新妻の歌であろうか。愛する男の女遊びの苦痛よりも、一生の間、自分以外にのめりこまれるものが有ることの方が苦しみは大きいというのである。男に真っ直ぐに向けられた心情が痛い。(波)

名に高き虎頭の松の梢《こずえ》より
すゝしくのぼる夏の夜の月

渡慶次朝宣

大正五年七月十七日『琉球新報』所載「大正五年七月九日　日曜会和歌当座　名所夏月」詠歌集の中の一首。松の梢にかかる夏の月を想像して詠んだもの。虎頭は、虎頭山のこと。『中山伝信録』には石虎山と見え、『琉球国志略』にも「石虎山は王城の北、赤平村にあり」と出ているという。老松が生い茂る名所であったばかりでなく、月の名所でもあったことが、琉歌からうかがわれる。（仲）

庭《にわ》の白菊《しらちく》のうち笑《わら》て咲《さ》きゆす
よべ降《ふ》たる雨《あめ》の情《なさき》さらめ

松田賀烈

『琉歌全集』所収。庭の白菊が笑って咲いているのは、昨夜降った雨の情であろう。

高潔な感じのする白菊の美しさを詠じようとしたのだろうが、「うち笑て咲きゆす」には工夫がほしい。

「黄菊白菊そのほかの名はなくもがな」と詠じた服部嵐雪の俳句は単純なようだが、けんらんと咲き誇るたくさんの菊があって、その中で黄菊と白菊の清楚と高潔さがしっかりととらえられている。秀句である。（外）

東方《あがるい》の大主《ぬし》
日《ふゑ》の鳥《とり》の　佳声《かこへ》の　うらくと聞ゝ　清《きよ》らや
てだが穴《あな》の大主

『おもろさうし』十三巻所収。東方に日の出がみられ、暁を告げるめでたい鶏の声がのどやかに聞こえてきて、四方の景色が一瞬照り輝き、そのさまのなんと美しいことよ。

「あがるい・てだが穴」を謡うオモロは数多く、美しい。東方に上がる太陽との向かいあいの中で、神格化されていく太陽への信仰心とは別に、オモロの内容もしだいに美感をはぐくんでいくのであろう。

（外）

幾年《いくとうし》よ経《ふぃ》ても変《かわ》ることないさめ
天《あま》の川《かわ》渡《わた》る星《ふし》のちぎり

仲尾次政昆

『琉歌全集』所収。幾年を経ても天の川を渡る牽牛《けんぎゅう》星と織女《しょくじょ》星の契りは変わらないであろう。「天の川渡る星のちぎり」は、中国に伝わる七夕伝説で、一年に一度、織女が天の川を渡って彦星（牽牛）と逢い、契るという。星空を彩る美しいロマンスは、若者たちに限りない夢を与え続けてきたことであろう。『万葉集』には百首以上の「天の川」の歌があり、『千載集』では「七夕の天の羽衣かさねても　あかぬ契りやなほ結ぶらむ」（四巻）と歌っている。（外）

人《ひとぅ》や　親《うや》ままど　妻夫《とぅじぃぶどぅ》　定《さだ》まよる
我《わ》胴《どぅ》ままに　成よす　犬と　ゐのもの

八重山・でんさ節

『南島歌謡大成　八重山篇』所収。本歌は人口に膾炙した教訓歌。本句はその中でも特に儒教道徳の反映したものである。人というもの、親の言いつけの通りに夫婦の縁組はなすもの。自分勝手に妻を探し、夫に連れ添う者、これ犬と同然也、がその意。親に従わない者は、倫理も情意も持たず、ほしいままに交わる犬猫に同じと言うのだから、その決めつけは厳しい。今は昔の話である。（波）

手に握る土の匂ひの悲しさに
君恋しさのいやまさるかな

比嘉きぐれ

大正七年四月十五日『琉球新報』所載「琉球歌壇」にとられた一首。手に握った土の匂いの悲しさに、君恋しさがつのるばかりであるというのだが、よく判らない。「手に握るつちの匂ひの悲しさに」がうまく理解できない。土に生きなければならないのなら、今の相手を思い諦めなければならないのだが、そう思えば思うほど、ということなのだろうか。わけの判らないのが、恋なのだが。（仲）

鳩《ぱとぅ》間《ま》仲森《なかむり》　走《ぱ》り登《ぬぶ》り
くばの下に　走り登り
美《かい》しゃ生《む》いたる　森のくば
清らさ列《つ》れたる　頂《ちぢ》のくば

八重山・鳩間節

『南島歌謡大成　八重山篇』所収。鳩間島は西表島の北に浮かぶ周囲約四キロの低平な円形の島。その島の最高地が仲森で、標高三三・八メートル。頂上部にクバの叢林がある。本句は島の豊かさを称揚した歌の冒頭第一節。鳩間の仲森に駆け登り、クバの下に駆け上ってみると、美しく生えた森のクバの木、清らげに連なるクバの木のその様よ、がその意。本歌は伊良波尹吉の創作舞踊でつとに有名だが、島に伝わる歌はゆったりとして荘重である。（波）

ヒヤンナ崎昔し住みしと言ふ人を恋しさに泣くマムヤの女よ

吐月山人

大正元年十一月十日『琉球新報』に掲載された「はり水より」八首の中の一首。「ヒヤンナ崎」は、東平安岬、宮古島東南端、城辺町保良にある岬で、断崖絶壁の「豪壮な景観」とともに、平安名村の美女マムヤと野城按司の伝説で知られる所である。マムヤは岬から投身、残された着物が、北風の時は南に、南風の時は北になびいたという。歌は、圧倒的な伝説に、力負けしてしまった。（仲）

さえわたるつきもうかべる大井川
見ればいよゝ寒くぞありける

岸本賀雅

大正二年十二月八日『沖縄毎日新聞』に掲載された「同風社十一月兼題　寒月浮水」の中の一首。大口鯛二大人選。大井川は、嘉津宇岳に発し、呉我山・玉城・仲宗根をぬい炬港に注ぐ、全長約十キロメートル程の清流。冬の月は、それだけで寒々としたものなのに、それが川の流れに浮かんでいるのを見ると、いよいよ寒さがつのるばかりだというのである。仲宗根に架かる橋の上からの眺めか。（仲）

深山蜘蛛《みやまくぶ》が巣や　七枝《ななゆだ》にかかる
吾ぬや　汝《な》ん枝に　懸かり欲《ぶ》しゃぬ

与論・沖永良部島　あしび歌

『南島歌謡大成　奄美篇』所収。「深山蜘蛛」や「深山鶯」などは琉歌の造語。山の奥深いところ、山奥が深山である。山奥の蜘蛛の巣は色々な木の枝に懸かっているが、私は他でもなく、貴方の枝に懸かりたいものだよ、がその意。山奥の蜘蛛と恋する自分とを対にとらえ、蜘蛛が木を選ばずに巣を懸けるのに対し、自分は沢山いる男の中から貴方を選び、貴方だけと一緒にいたいと、対照した。「深山蜘蛛」の琉歌例は多い。（波）

稲かりのさかりとなりてたが里も
いへにはたおるしつのめもなし

兼島景福

大正二年十一月十四日『沖縄毎日新聞』に掲載された「同風社十月当座収穫忙」の中の一首。大口鯛二選。「しつのめ」は賤の女で、身分が低く、いやしい女。一家総出の稲刈り時の忙しさを歌ったもの。刈り入れから脱穀・貯蔵まで、全てが手仕事で、一家総出になった。脱穀機の使用が始まったのが昭和七、八年頃からで、二期作栽培がなされるようになるのは昭和九年頃からだという。（仲）

いさおしの成るとならぬは我問はず
たゝなつかしき君のまごゝろ

稲福全名

大正二年十一月二十日『沖縄毎日新聞』に掲載された「故林世功三十三年祭追悼之詩文集」詠歌集の中の一首。林世功は、明治九年琉球救国請願のため清国に脱出。十二年処分断行の報に接し、翌十三年総理衙門に直訴するため北京へ行く途中、天津で琉球分島条約合意を知り、それに抗議して自殺。時に林世功三十八歳であった。琉球処分は、そのような憂国の志士をも生んだのである。（仲）

家毎に夕餉《ゆうげ》の煙立ち昇り
勝連城に淡く陽の射す

中真生

大正五年十一月十七日『琉球新報』所載「琉球歌壇」に掲載された「夕餉」二首の中の一首。勝連城は、勝連町南風原小字赤吹に所在する城で、十一、二世紀の築城、十五世紀には、城主茂知附按司を攻めた阿麻和利の居城になったといわれる。逆臣、英傑の評価相半ばするが、その古城に秋の夕日がさし、里の家からは夕食を準備する煙が立ち上っているというのである。懐かしい光景である。（仲）

雲間洩る日脚斜や夕時雨

一〇

大正二年十一月十五日『沖縄毎日新聞』に掲載された「如風会」詠句集の中の一句。時雨は冬の季語。雲間を赤々と染めて斜めに洩れてくる日脚、その瞬間を狙ったようにさっと降ってはやむ冷雨。初冬落日時の光景を活写した一句といえようか。時雨を沖縄では「シム」といい、時雨れることを「シムカキーン」と言う。「干網に入日染みつつしぐれかな」（来山）「笹の葉に西日のめぐる時雨かな」（才麿）等の同工異曲。（仲）

占領下ただ生きてあり冬迎う

嶺光

一九五〇年一月一日発行『月刊タイムス』第十二号所収「冬」七句の中の一句。「占領支配のもと、虚脱から立ち上がり、地上に再び秩序と人間社会を築き上げるまでの困難、混沌、錯誤、低迷」との闘いを記録した『沖縄の証言』（沖縄タイムス刊）は、四五年から五〇年まで四十三項目にわたる事項がとりあげられている。そこには「ただ生きてあり」はないのだが、むしろ虚脱から立ち上がれずに幾度も冬を迎えた人が多い。（仲）

豚小屋の屋根の上よりわずかにも
見ゆる芙蓉《ふよう》に朝ぎり深し

赤蔦

大正五年十一月八日『琉球新報』所載「琉球歌壇」にとられた二首の中の一首。ハスの花の漢名。アオイ科の落葉低木。葉は葉柄が長く、手のひら形に浅く裂け、ぎざぎざがあり、初秋、枝の上部の葉のわきに薄赤色または五弁の大きな花が咲くという。豚小屋と芙蓉の組合せは、「より」の取り方で、遠景か近景か、別れる所だが、いずれにせよ、世俗の向こうに画趣を見た。（仲）

ふるき世の教訓は知らず自らを
自らとして生きんとぞ思ふ

桐林軒三

大正元年十二月八日『琉球新報』に掲載された「悲しき生命」十二首の中の一首。自分を活かそうとする生き方をするとすれば過去を律してきた「教訓」はどうあろうと、それを葬るしかない。歌は、逆に「教訓」を際立たせた。新しい生き方を求めながら、なお「ふるき世の教訓」から逃れることのできない寂しさを、軒三は「自らを責むる心のなほありて恣ままなる恋を許さず」と歌った。(仲)

宮古旅そば　新婚ぱだの　姑母《すとま》の　家よ
通ふにやん
ただ　むみやい　通ひひいさまち　主がなし

宮古・トーガニ

『南島歌謡大成　宮古篇』所収。宮古島への旅は、新婚の家庭を姑が足しげく通いつめる様に、いつも行ったり来たり、通って下さいませね、貴方様、がその意。旅は海路であったから、旅のはなむけはいきおい、航海の安全を祈願することであった。出ていく人へ何度も通うようにと歌いかけること、これ即ちカリユシを祈ることなのである。「新婚ぱだの　姑母の～」の比喩が面白い。（波）

緒のきれし下駄を片手に口笛を
鳴しつ帰る少年の瞳よ

花咲里人

大正六年四月二日『琉球新報』所載「琉球歌壇」に取られた三首の中の一首。方言でアシジャ。表つきの下駄にはジタ、歯を入れた下駄にはタチバーアシジャャというとある。かつては「履物は士以上に限られ、平民は六十才過ぎて許可」されたと言われる。古い昔は別にしても下駄は、大切な履物であった。その緒を切って少年は、当惑を隠すように口笛を吹きならしているというのである。（仲）

年若く肺病む君が吐く息に
微かに曇る掛鏡かな

上里無春

大正五年四月八日『琉球新報』所載「琉球歌壇」に発表された六首の中の一首。肺を病む人の吐く息で掛け鏡がうっすらと曇ったというのである。鏡の曇りは、病人の吐く息で曇っただけでなく、若くして肺を病む人の身ごしらえを見て、不意にまなじりが熱くなったことにもよる。肺病は不治の病であった時代もある。琉球方言では、肺病をタンヤンメー、まれにフィールーともいった。（仲）

稲妻や逆心秘めて書に耽る

碧月

大正三年十二月二十一日『沖縄毎日新聞』に掲載された「中秋初冬雑吟」十三句の中の一句。「稲妻」は、いなびかりとも。雷鳴をともなった稲妻は夏の夕立時に多くみられるが、秋の季語としているのは、雷光が稲の実をみのらせると信じられていたからであるという。「逆心」は、謀叛心。無知を嘲笑われたのであろうか。それとも大望を失笑にふされたのであろうか。固く秘めた謀叛心が、空を切り裂く稲光をよびよせた。（仲）

夫婦岩の由縁聞く涙浦千鳥

楽山

大正元年十二月八日『琉球新報』に掲載された「一日一句」の中の一句。夫婦岩・夫婦石は、二つ並んだ石に関して、男女が化して石になったなどの伝説が各地に伝わるという。沖縄にも「仲島大石近くの海中に双立する岩石」や、若狭町「潟原の西端に在る、大小二岩」等を「ミートジー・夫婦瀬」と呼ぶそうだが、「夫婦岩の由縁」はそのどちらと関係するものであったであろうか。浦千鳥は仲島と関わって琉歌によく見える。（仲）

二才《にーさい》とふら　抱《だ》ぎば／糸袋《いちゅふくる》よ　抱くすんに／
百姓《ぶざ》とふらよ　抱ぎば／ねかぼくまらけよ
抱くすんに

八重山・二才とふら節

『南島歌謡大成　八重山篇』所収。男女の掛け合いの形で、百姓青年と士族青年を対照しながらも、結局は百姓青年の方に実のあることを明るく歌った歌の一節。「とふら」は友達・仲間。「ねかほくまらけ」は荒目の藁筵（ニクブク）を巻いた束。おさむらいの恋人を抱くと絹布の袋を抱く様で、柔らかで心地良いよ。百姓の恋人を抱くと藁筵の束を抱く様で、ちくちく肌を刺して嫌な物、がその意。（波）

昨夜《よべ》　見《み》ちやる夢《いめ》の　真夜中《まよなか》の夢《いめ》の
夢《いめ》や　跡無《あとな》もの　夢《いめ》や　失《う》せ無《な》もの
おなり　抱《だ》ちへともて
つくり　抱《だ》ちへともて

『おもろさうし』十二巻所収。昨夜見た夢が真夜中に見た夢が、アレマア！　夢は跡無く消えるもの、夢は失せて無くなるもの、オナリ（愛人）を抱いたと思ったのに、ツクリ（乙女）を抱いたと思ったのに。この場合の「おなり」は、妹というよりは乙女、娘という意味で、兄の守護神に成り変わる「おなり」とは趣を異にしている。いとおしみ抱くことのできる「おなり」である。（外）

縁《ゐぬ》もしなさけも深《ふか》く染《す》で行《い》きゆり
いきやがなて行《い》きゆら二人《たい》が仲《なか》や

護得久朝常

『琉歌全集』所収。二人の仲は情愛が深くなっていくばかりで、先行きどうなっていくことやら……案じ煩われてならないのだが、深々と染まっていく「しなさけ」はどうにもならない。「しなさけ」は深い情。「し」は接頭語で、「なさけ」を深めている。「里やなりふぎの姿とりめしやいら　我身やしなさけの縁どとゆる」（あなたは見目形の良さをとるのでしょうが、私は愛情で結ばれる縁をとります）とも歌う。（外）

砂糖きび穂にいでしよりをぐるまのころしきりなりひなの村里

嵩原松亭

大正二年十二月二十日『沖縄毎日新聞』に掲載された「日曜会十二月十四日兼題　冬人事」詠歌集の中の一首。「をぐるま」は、小車で、ここでは砂糖車のこと。甘蔗圧搾器。砂糖車は木製、石製を経て明治十五年以降鉄製・金輪車の使用が多くなるという。砂糖車にキビを挟みこみ、牛・馬を使って搾汁、釜で煮詰めて黒糖にするが、牛馬の引く砂糖車の音が村々を包んでいるというのである。（仲）

かいしようのなきおとこなるかざわめける
師走の街をすべなく歩む

阿佐野広

一九五一年二月一日発行『月刊タイムス』第二十五号収載「極月」六首の中の一首。人のあふれる師走の街を、新年の準備をするあてもなく彷徨うのは、貧しいためでもあるが、なによりも甲斐性がないためであろうというのである。貧しさを単に時代のためだと考えなかった。阿佐野の貧窮歌には「貧しさを敗戦ゆえと言うなかれ財もち持てる人らうごめける」という歌もあるからである。（仲）

良《い》い事《くとぅ》や　持《む》っち
やな事や　捨《し》てぃてぃ昇《ぬぶ》てぃ
今度《くんどぅ》や　良い事　御《う》たびみそうり

読谷村座喜味・オタカベ

『南島歌謡大成　沖縄篇』所収。「火の神昇天の日の祈願」の時のオタカベ。火の神は家庭の竈に祀られ、一家の息災を守る。師走の二十四日に昇天し、天帝にその一家の善行・悪行を報告するという。だから、一家の主婦たる者は火の神の前で口汚い言葉を吐いたり、涙を見せたりしてはならないとされた。一句は、良い事は持ってご報告下さり、悪い事は捨てて下さって、今度は良いことだけをあらせて下さい、の意。（波）

古やかんだいている子も見あたりし
スクラップほり今さかんなり

仲村渠致彦

一九五四年十二月二十一日『沖縄新聞』に掲載された『九年母』歌集の中の一首。スクラップ・ブームと呼ばれる現象は、すでに第一次大戦時の一九一八年にもあったが、敗戦後は、五〇年の朝鮮戦争時、五六年の神武景気時と相次いだ。「会社員の初任給が三千B円のそのころ（五三年）、一日スクラップを掘って四、五千円はかせげた」といわれ、数々の悲喜劇を生んだといわれている。（仲）

風《かじ》ぬ　すぶ　夜《ゆ》やよー
くば葉《は》がどぅ　ふるふる　すんどー
くば葉がどぅ　ふるふる　すんどー

竹富島・くばぬ葉ユンタ

『南島歌謡大成　八重山篇』所収。「すぶ」は、そよぐ、吹く。風の吹く夜は、クバの葉がフルフルと揺れるよ。夏の夜であれば、縁に吹き込む心地好い涼風が思われるが、これが冬の夜のこととなると、場面は一転する。島を包む闇の中、冷たい北風に煽られて乾いた音を立てるクバの木とそれを聞く島人の寂寥感の漂う一句となる。擬態語フルフルが珍しい。（波）

年の暮れ窓明け放す七十度

水月

大正四年十二月二十八日『琉球新報』に掲載された「雑感」一句。「沖縄にて大正四年を送る」の詞書きが見られる。「七十度」は、カ氏表示。故郷におれば、火鉢を抱いているであろうに、ここ沖縄は、まだまだ温かくて、風をいれるために窓を開け放つほどであるというのである。沖縄の年末のポカポカ陽気を歌った一句。寒い地方からやってきたのであろうが、水月については不明。彼はその時、大東島までいっている。（仲）

聞得《きこゑ》大君《ぎみ》ぎや　あまみや世の産《うぶ》玉
産玉《うぶだま》は　祈《いの》るすど世《よ》掛《が》ける
鳴響《とよ》む　精高子《せだかこ》が

『おもろさうし』三巻所収。聞得大君が守護する大昔からの産玉よ、その産玉を祈る人ぞ世を支配し治めることのできる方なのだ。

産玉を守護する聞得大君を賛美しながら、産玉のもつ霊性を得て国を治めるであろう国王の長久を願うオモロ。「産玉」は、物を生み成す力を持つ霊性豊かな玉。「あまみや世」は、祖神の原郷にかかわるアマミヤ時代の意であるが、転じて大昔の意。（外）

聞《きこ》得《ゑ》大君《ぎみ》ぎや
大平《ひら》の戦《いくさ》　京《けふ》　見《み》揚《あ》が遣《や》り
百《もゝ》人《そ》　斬《き》り伏《ふ》せて
鳴響《とよ》む精高子《せだかこ》が
聞《きこ》ゑ按司《あんじ》襲《おそ》いや

『おもろさうし』三巻所収。聞得大君が守護する大平の戦なのだ。兵士達は首里城を見あがめて士気を鼓舞し、敵兵百人を斬り倒して戦勝せよ。国王様は勝ち戦を待っておられるぞ。慶長十四年（一六〇九）の役に、首里の大平橋であった戦。大平橋は平良川に架けた平良橋の雅名。突如振りかかった国難に国中がおびえたことであろう。ひたぶるに戦勝を祈願する神女の鼓動が伝わる。（外）

聞得《きこゑ》大君《ぎみ》ぎや　鳴響《とよ》む精高子《せだがこ》が　神座《かぐら》鳴響《とよ》で
如何《いきや》る按司《あんじ》襲《おそ》いが　如何《いきや》る貴《たゝ》み子《きよ》が

『おもろさうし』三巻所収。聞得大君が天上の神座に鳴響んでいることよ、霊性豊かなその大君に守られているお方はどのように貴いお方であることか。聞得大君は天上世界の神座にまで名高く知られていると賛美しながら、その聞得大君に守られている国王様の徳の高さがさらに賛仰されている。神座《かぐら》は、地上の社会に対応して観念化された天上世界のことで、オボツ・カグラという。（外）

ひゅくせ　まんせがでぃ
いゃんはじ　差《さ》そうたっとー

奄美大島名瀬市・タブェ

『南島歌謡大成　奄美篇』所収。タブェは神への祈願の呪詞。本句は、子供が生まれた時に唱えられるもので、子供が生まれたら直ぐ鋏などの金物を壁に突き立てて唱えたのだという。「いゃんはじ」は弓矢。百才、万才までの寿命の弓矢を差したぞよ、がその意。奄美では、赤子が誕生すると神がその寿命を定めた弓矢を差すといわれていた。それで、神の寿命決定よりも先に、百才・万才の長寿の矢を差したというのである。（波）

今度《くんどぅ》ぬ年《とぅし》ん　体　あらしみうしり果報《がふう》やびる
あけま年《るし》ん　体　あらしんそうち……

読谷村座喜味・オタカベ

『南島歌謡大成　沖縄篇』所収。「正月一日火の神降臨の時の祈願」の時のオタカベ。旧年十二月二十四日に天に昇った火の神は、一月四日に再び竈の神座に降臨する。それに先立って、一年の始まりに一家の果報を祈るのである。今度の年も五体共に健康であらせて下さって、誠に有り難うございます。明ける年もまた五体健康で……、がその意。そして「銭、金も人勝りに儲けさせて下さい」と結ばれる。（波）

あとがき　「ことば・咲い渡り」を終えて

波照間　永吉（名桜大学大学院教授）

「ことば・咲い渡り」は『沖縄タイムス』で一九九一年一月一日から連載が始まった。外間守善先生の〝あけもどろの花〟のオモロからであった。前年十一月頃か、沖縄タイムス社の応接室で、外間先生、仲程昌徳先生と編集を担当して下さった長元朝浩氏を囲んで企画の話し合いが持たれた。『朝日新聞』で大岡信氏の「折々の歌」が大きな反響を集めている頃である。琉球文学と沖縄近代文学の詩の華を集めて、その底に流れる沖縄人の心ねを尋ねてみようという企画だと受け止めた。連載の表題は、仲程先生の提案によるもので、いかにもこの企画に相応しいものとなった。

一九九〇年十二月三十日に社告が出、外間先生の「『ことば・咲い渡り』連載に当たって」が掲載された。外間先生らしい歯切れのいい御文でこの企画の狙いが述べられている。「ウチナーンチュの心が、ウタの中にどのように託され、表現されたか、文学という世界から覗いて」、「ウチナーンチュの心を沖縄のことばに探る」と述べておられる。琉球文学の中からオモロと琉歌を外間先生が、近代詩歌を仲程先生が、そして琉球歌謡を私が、という分担である。

外間先生の意図を当時の私がどれだけ実現できたかは心許ないことではあるが、ともかく奄美・沖縄・宮古・八重山の、それこそ名も無き人々の心の歌を伝えられるようにしようとだけ思った。一ヶ月三十日として、四つの分野だから、毎月七回程度の担当である。歌の部分は二〜三行、解説・鑑賞部分の字数は一六五字、都合二二〇字程度の原稿である。楽なはずであったが、これがどうして一筋縄にはいかない。第一に琉球の「歌謡」は一つの物語をもって謡われるから長いのである。しかも対語・対句による叙事的な詞句の展開であるから、一つの詞句を切り取っても意味的なまとまりを示すことはめったにない。宮古のトーガニーや八重山のトゥバラーマやシュンカニは苦しまなくていい。短詞形の叙情詩だからである。だからといってこればかりというわけにはいかない。なぜなら、宮古・八重山の歌謡の面白さは物語歌謡の中にある。これを捨てては何の意味もない。沖縄の神歌も同じである。オモロに通じる世界をどうにかして示したい。これらこそが琉球文学の一大特徴ではないか。そう考えると詞句の選択こそが一番の仕事である。毎回、毎回、『南島歌謡大成』四巻をひっくり返し、祖先達が創り出した美しい言葉、心の底からの声と向き合う作業を行った。そして、解説・鑑賞の部分では自分の素直な読みを書くことにした。

月の下旬に七、八回分の原稿を携えタイムス社の階段を上った。当時はまだ、ワープロなど使ってもなく、また、ファックスで送信することなどの無い時代である。私の所に特段の反響はなかったが、「読んでいるよ」という声をかけてもらうことはあった。しかし、一年の予定が二年になり、そして、三年に及んだ。これは外間先生も意外のことではなかっただろうか。私の詞句の選択もより難しくなった。そんなとき、詩人・思想家である大先輩のK氏が「波照間君は儲け役だね」と話しておられた、ということを耳にすることがあった。読者にとってオモロや琉歌に比べると、宮古・八重山そして奄美の歌の世界は初めてのものが多かったのだろう。この声に励まされ、生活の息吹を伝える宮古・八重山・奄美の人々の詩歌の華を拾い上げなくては、と思いを新たにして仕事を続けた。苦しくはあったが、今にしてみれば、いい勉強の時間でもあったのだ。こうして一九九四年四月十七日をもって「ことば・咲い渡り」は終わった。その後、思わぬ嬉しいことがあった。美しい郷里・石垣のさる方が連載を三冊の手作りの本にして届けてくれたのである。表紙をまとったこの本はどれだけ私を勇気づけてくれたことだろう。彼女のような熱心な読者があったのである。

ここで一つお許し願わなければならないことがある。作品の読みのためには、テキストに手を加えてはいけないことは、百も承知である。しかし、私が依拠した歌謡テキストは、近世から現代までの長い間にいろいろな人がそれぞれの思いをもって、自らの地域の歌を記録したものである。さまざまな表記がある。これを僅かなスペースで紹介しなければならないという難題が私にはあった。ここで考えたのが、ひらがなやカタカナで書かれた歌詞に漢字を当てることによって、その力を借りることができるのではないか、と思ったのである。例えば奄美の「かんつぃむぃ節」であるが、そのテキストの表記は「ゆぶぃがれぃあしだる／かんつぃむぃあぐぐわ／なしゃがよねなれぃば／ごしょがみちじ／みすでぃふりゅり」である。これを「昨夜がれぃ遊だる　かんつぃむぃ姉ぐゎ／明日が夜なれぃば　後生が道じ　御袖振りゅり」と改めた。本来の表記はルビの形で示し、「道」「振りゅ」などは当たり前の読み方で読んで貰うということで、これらはルビを割愛した。これで「解説」のスペースを語注だらけにすることを避けることができた筈である（今回の書籍化に際しても新たに漢字をあてた例が幾つかある）。また、以下のような改変を施した部分がある。①タイトルをわかりやすく換えたものがある（例：テキストのタイトル「五月、稲の穂祭火神の前に三日御崇（首里三平等）」を「首里・稲穂祭の時の火の神への三日オタカベ」と換えた類。タイトルについては今回、若干説明的な部分を補ったものもある）、②スペースの都合でハヤシを省略した（例：「石嶺《いしんみ》のあこー」の「しゅがなシ」は全節に繰り返されるハヤシであるがこれを省いた。「古見の浦」では「いつん　おふれ　語ら」を省略した類）。③スペースの関係で原歌詞の対句一行を省略した（例：宮古多良間島の「美しい正月《かぎ》」。今回、これを元に戻して省略した対句一行を復活してある）。これらは新聞連載時にお断りすることができず今日までそのままにしてきた。ご理解賜りたい。

今度の書籍化にあたって、外間先生がご執筆された部分については私の方で校正を担当した。特にオモロについては、先生はその後、『校注おもろさうし』上・下（二〇〇〇年、岩波書店）を出しておられる。お元気であられたなら手直しなさりたい部分もあったことであろう。しかし、これについては一九九一年一月～一九九四年四月という時点での著述であり、それを尊重させて貰い、手を加えることは差し控えた。ただ、新聞の囲みスペースの中で、オモロの「一／又」記号による記載が不自然となっている部分がままあった。これについては、改行などを新たに施し、先生との共編著である『定本おもろさうし』の形式に整序した。琉歌については島袋盛敏・翁長俊郎『琉歌全集』（一九六八年、武蔵野書店）をテキストにしておられるので、これによって確認作業を行った。外間先生がお書きになった文章の内、まとまったもので未だ刊行されていなかったのは「ことば・咲い渡り」だけで、この度このような美しい形に書籍化出来て、心からうれしく思っている。

今回、ボーダーインクからこのような形にまとめてもらい本当に有り難いことと思っている。書籍化については、連載を担当された長元朝浩さんに何度か相談にのっていただいた。今回、ボーダーインクをご紹介いただき、このように実現することができたことについて、長元さんへ深く感謝している。そして、コロナ禍という困難な状況の中、本書の出版をお引き受けいただいたボーダーインク社長池宮紀子さん、編集を担当してくださった喜納えりかさんにも深い感謝の気持ちをお伝えしたい。有り難うございました。

二〇二〇年五月二一日

本巻によせて

「正月かぎやで風節」について　本巻によせて

小浜 司

もう30年以上も前の話だが、私は某民謡歌手の民謡研究所の設立に関わった。何とか無事に立ち上げ、年を越すことが出来た。年が明けて正月2日は〝弾き初め〟である。始まりは『かぎやで風節』。本来なら弟子が師匠に前年の成果を見せるはずなのだが、そこは新設ホヤホヤの道場。師弟全員での演奏となった。そのとき歌われた琉歌こそ本巻の最初に紹介されている

あらたまの年に　炭とこぶかざて　心から姿　若くなゆさ

いわゆる『正月かぎやで風節』と称され、沖縄中の古典音楽や民謡の研究所で、その年の一等最初に歌われる琉歌である。この節を奏で歌うことによって、心も姿も若くなるというのである。『かぎやで風』は時と場合で歌い分ける。国王の前で歌うと寿ぎの「御前風」となり、墓前で歌う風水レクイ

エムもある。古典音楽であれ、舞踊曲であれ、芝居の曲、民謡であれ、その場に応じた琉歌＝歌詞が求められるところが沖縄音楽の懐。

前述の弾き初めの時、私は琉歌の解説を求められて、あたふたした記憶がある。あわてて古本屋に足を運び、琉歌に関する書籍を買い集めた。そして琉歌の〝海〟に浸り、泳ぎ、潜った。「かぎやで風」といえばあまりにも有名な

今日の誇らしゃや　なをにぎやなたてる　つぼでをる花の　露きやたこと

の琉歌に代表され、琉球列島至る所で歌われるが、節に由来する元の琉歌＝本歌ではない。本歌は

あた果報のつきやす　夢やちやうも見だぬ　かぎやで風のつくり　へたとつきやさ

琉歌の中で「かぎやで風」という詞が見られ、三線にのせて歌う琉歌として編集された「琉歌百控乾柔節流」（１７９５）に『嘉謝伝風節』として所

収されている。ここで謎多き『かぎやで風節』の由来について語る余裕はないが、本歌が本歌でなくてもよい、というところに沖縄三線音楽の所以がある。一つの詩には一つの曲が理想という（私の思い込みか？）ヨーロッパ的音楽思考を学校で学ばされた者にとっては長い間違和感があった。しかし、沖縄ではオモロの時代から、一つの「節」を借りて、その型に当てはめた詩を語っていたのを知って心が晴れた。

歌詞だけではない。曲の「歌持ち《うたむ》（イントロ）」も『かぎやで風』と同じ歌持ちが幾つもあり、発声が始まるまでは何の「節」だか分からない。「口説《くどぅち》」もそうだ。口説とは七五調で物語を語り八六で締める節で、ヤマトの影響がより強く表れている。口説調の歌持ちの節は何十とあり、テレビのイントロ当てクイズなど沖縄音楽では成り立たない。

民謡もまた然り、庶民の最大の娯楽であった歌遊び（毛遊び）でも、その場に合った即興の琉歌や節のテンポこそが歌の醍醐味であった。『かぎやで風節』がカチャーシー風に奏でられ『舞方』となり、毛遊びの場では、男たちが腕力を示す修羅場にもなったりした。「しまうた」はその場の感情に相応しい琉歌を歌う実践の場であった。

さて、「あらたまの……」であるが、島袋盛敏著「琉歌大観」によると、「あらたま＝新玉」とはまだ加工していない玉（粗玉）のことで、年が改まる「正月」の枕詞となっている。また「日本語源大辞典」（小学館）によると、「魂（霊）」と「玉」は同語源で「前者が抽象的な超自然の不思議な力。後者は具体的に象徴するもの」。ウチナーグチの「たましい＝まぶい」は体から出たり入ったり出来る不可思議なものであり、また「くれー我タマシ（これは私の分け前）」という風に「持分、分け前」という意味でも使える。かつてヤマトでもそう表現して、具体的には「丸い餅」がそうだし、ある地域では正月に天から降ってくる餅のことを「お年玉」と言ったそうだ。

「炭とこぶ（昆布）かざて」の「昆布」は「よろこんぶ」と掛けて「炭」を添えて「たんと喜ぶ」語呂で縁起を祝った。となると「新玉の年」に人間の身体（玉）から魂（まぶい）を取り出し、新たにリセットして戻し、その幸せな心を分け与えて祝うということになろうか。

今では「正月かぎやで風節」を仲間と連弾することで、かつての正月風景を味わっている。おっと、他にも民謡で歌われている琉歌などもっと解説するつもりであったが、紙数が尽きた。

（こはま・つかさ　島唄解説人）

外間《ほかま》 守善《しゅぜん》
一九二四年那覇市生まれ。沖縄学・言語学・琉球文学研究などの第一人者。法政大学沖縄文化研究所長を歴任。『おもろさうし』辞典編纂など業績多数。法政大学名誉教授。二〇一二年没。

仲程《なかほど》 昌徳《まさのり》
一九四三年テニアン島生まれ。近現代沖縄文学研究者。『沖縄文学の一〇〇年』ほか著書多数。元琉球大学教授。

波照間《はてるま》 永吉《えいきち》
一九五〇年石垣市生まれ。『おもろさうし』『琉球国由来記』など琉球文学・民俗文化の研究。現在、名桜大学大学院教授。

『沖縄　ことば咲い渡り』さくら・あお・みどりの全三巻を同時刊行いたしました。各巻とも好評発売中です。

沖縄《おきなわ》 ことば咲《さ》い渡《わた》り
あお

初　版　二〇二〇年七月七日発行
著　者　外間守善　仲程昌徳　波照間永吉
発行者　池宮紀子
発行所　(有)ボーダーインク
〒九〇二―〇〇七六
沖縄県那覇市与儀二二六―三
電　話〇九八(八三五)二七七七
FAX〇九八(八三五)二八四〇
印　刷　株式会社　東洋企画印刷